AF304112

Josie Charles stammt aus einer mittelgroßen deutschen Stadt. Früh entdeckte sie ihre Leidenschaft fürs Schreiben. Sie würde sich selbst als Romantikerin bezeichnen und hat eine Schwäche für schwierige Typen und mutige Frauen – trotzdem hat es eine ganze Weile gedauert, bis sie den Mut fand, ihren ersten romantischen Roman zu veröffentlichen. Mit fast dreißig hat sie beschlossen, dass die Zeit reif ist. Seitdem sind verschiedenste Storys aus dem Bereich Romance erschienen, von Sportler-Liebesromanen über College Love bis hin zu romantischen Kleinstadtgeschichten. Für Leser und alle anderen ist sie auf Facebook und Instagram jederzeit zu erreichen und freut sich über Rückmeldungen aller Art.

Josie Charles

BLACK BONES KINGDOM

BAD TO THE BLOOD

Überarbeitete Neuausgabe Juli 2023

Copyright © 2023 dp Verlag, ein Imprint der
dp DIGITAL PUBLISHERS GmbH
Made in Stuttgart with ♥
Alle Rechte vorbehalten

Bad to the Blood

ISBN 978-3- 98778-451-4
E-Book-ISBN 978-3- 98778-447-7

Copyright © 2018, Josie Charles 2018
Dies ist eine überarbeitete Neuausgabe des bereits 2018 bei
Josie Charles 2018 erschienenen Titels
Bad to the Blood – Besessen (ISBN: 978-1-98333-983-7).

Covergestaltung: Anne Gebhardt
Umschlaggestaltung: ARTC.ore Design
Unter Verwendung von Abbildungen von
stock.adobe.com: © Andrey
shutterstock.com: © Unique Vision, © Val_Iva
elements.envate.com: © FreezeronMedia, © PixelSquid360
Lektorat: Stephanie Schilling
Satz: dp DIGITAL PUBLISHERS GmbH
Druck und Bindung: Books on Demand GmbH, Norderstedt

Playlist zum Buch

Incubus – Love hurts

Three Days Grace – Lost in you

Anarbor – Let the Games begin

Sunrise Avenue – I help you hate me

All-American Rejects – Another heart calls

Our last Night – Look what you made me do

HIM – Wicked Game

All Time Low – Missing you

Linkin Park – Final Masquerade

P!NK – Beautiful Trauma

Simple Plan – Me against the world

Fall Out Boy – Alone together

Bush – The only way out

Prolog

‚love hurts'

Calgary, Kanada

Lielle

Von meinem Fenster aus sehe ich nichts als Schwärze. Vage Umrisse von Bäumen und Sträuchern und irgendwo, hinter der Fläche aus Dunkelheit, strahlt die Stadt. Ihre gläsernen Hochhausbauten beleuchten den Elbow River, das Umland und wahrscheinlich auch noch die Rocky Mountains.

Ich hasse Calgary.

Seit wir hier sind, geht alles nur noch bergab. Zumindest für mich.

Ich blicke hinter mich zu dem großen Doppelbett, in dem ich mittlerweile allein schlafe. Vor ein paar Tagen ist mir auf einmal alles zu viel geworden und ich habe getan, was ich am besten kann: Mit der Abrissbirne einreißen, was ich mir vorher mühsam aufgebaut habe.

»Toll gemacht, Lielle«, flüstere ich und weiß, dass ich zurück ins Bett gehen sollte. Stattdessen beschließe ich, etwas zu tun, das mich morgen wahrscheinlich nicht mehr in den Spiegel blicken lässt.

Wenn ich eins hasse, dann ist es, über meinen Schatten springen zu müssen. Und dennoch ist es das einzig Richtige.

Ich sehe an mir runter. Das Spitzen-Negligé könnte etwas viel sein.

Ohne Licht zu machen, steuere ich auf meinen Schrank zu und suche darin nach dem Morgenmantel, der zweifellos irgendwo hängen muss. Zuerst ertasten meine Finger Leder, Lack und noch mehr Spitze. Dann finde ich den Satinmantel und streife ihn über. Der Stoff fühlt sich glatt und kühl auf meiner Haut an. Ich knote den Gürtel zu, auch wenn es kein Körperteil an mir gibt, den Cyph nicht schon gesehen hat. Trotzdem kommt es mir nach den letzten Tagen Funkstille unpassend vor, gleich mit der Tür ins Haus zu fallen.

Mit den Händen ordne ich mein langes Haar, das im Augenblick die Farbe von flüssigem Silber hat, und gehe zur Tür.

Ich werde ihm klarmachen, dass es ein Fehler war, ihn in den Wind zu schießen. Dass ich bereue, was ich gesagt habe.

Das mit uns ist nichts Festes, Cyph. Du verrennst dich da in etwas.

Als wäre Cyph die Art Mann, die sich verrennt.

Im Endeffekt bin ich das Problem. Als ich gespürt habe, dass aus unserer bloßen Bettgeschichte mehr wird, dass ich Gefühle investiere, habe ich einen Rückzieher gemacht. Ich habe Cyph vor den Kopf gestoßen und das so heftig, dass es ihn wortwörtlich meilenweit von mir entfernt hat. Seitdem haben wir beide kein Wort mehr miteinander gewechselt.

Das werde ich heute Nacht ändern.

Ich schleiche durch den Flur des Hauses, das nicht viel kleiner ist als die Villa, die wir *Black Bones* in Detroit bewohnt haben. Aus Easts und Jess' Zimmer sind leise Stimmen zu hören, irgendwo läuft eine Spielkonsole. Ich hoffe, dass Cyph allein ist und nicht mit Kyan oder Milo zockt.

Vor seiner Tür bleibe ich stehen und atme durch. Dann klopfe ich und trete ein, ohne darauf zu warten, dass er etwas sagt.

Was ich sehe, ist ernüchternd.

Es ist dunkel, das Bett ist gemacht und Cyph ist nicht da.

»Bingo«, murmle ich und drehe mich ratlos einmal um die eigene Achse.

Da gebe ich mir einmal einen Ruck und dann –

»Suchst du was?«

Ich fahre herum, doch statt Cyph steht sein bester Freund East, der Gründer der *Black Bones*, vor mir. Ausgerechnet er.

»Jemanden«, gebe ich zurück und versuche, nicht ertappt zu klingen. Auch wenn ich in diesem Zimmer noch vor einigen Tagen wie selbstverständlich ein- und ausgegangen bin, fühlt es sich jetzt seltsam an, hier zu sein.

»Cyph«, stellt East fest und ich nicke.

Wen sonst?

»Tja, der ist immer noch bei dem Job.«

»Immer noch?«, frage ich stirnrunzelnd.

Wir haben den Deal gestern Nacht abgeschlossen. Es war ein einfacher Hack, bei dem Cyph zuerst den Lockvogel gespielt hat. Dann ist er noch ein bisschen geblieben. Zur Sicherheit. Zur Ablenkung. Doch er sollte längst wieder hier sein.

Wieso also ist er noch nicht zurück?

East zuckt mit den Schultern und das sagt mehr als tausend Worte.

Das darf doch nicht wahr sein.

»Die Adresse«, fordere ich.

»Du fährst da jetzt sicher nicht hin.«

Ich lache auf. »Da kennst du mich aber schlecht!«

Cyph

Das Poolwasser ist warm und sorgt nicht gerade dafür, dass ich abkühle. Runterkomme. Im Gegenteil. Es stachelt meine Wut noch mehr an.

Immer wieder höre ich im Kopf denselben Satz.

Du verrennst dich da in etwas.

Als ob.

Ich drücke Maria, die Frau, auf die ich bei meinem Job angesetzt worden bin, gegen den Beckenrand und küsse sie, wie ich es in den letzten Tagen mehrfach getan habe. Trotzdem fühlt sie sich immer noch an wie eine Fremde. Ich blicke in ihre mandelförmigen braunen Augen und versuche, das Gesicht zu verdrängen, das ihre hübschen Züge immer wieder zu überlagern droht. Doch ich sehe nur die vollen Lippen, die nicht Marias sind, das helle, lange Haar und –

Ich muss aufhören, an Lielle zu denken. Das Biest hat mich auf die beschissenste Art abserviert, die man sich vorstellen kann. Sie hat mich als Trottel hingestellt, der seine Gefühle nicht im Griff hat. Der sich in Dinge *verrennt*. Als hätte sie nicht auch gespürt, dass sie zu mir gehört.

Aber ihre Worte waren klar und deutlich.

Es ist besser, wenn wir das beenden, Cyph. Bevor ich dir dein Herz breche.

Ich schiebe jeden Gedanken an Lielle fort und konzentriere mich voll und ganz auf Marias Kurven. Meine Hände wandern über ihre Hüften, ihren Bauch, hinauf zu ihren Brüsten, die zur Hälfte aus dem Wasser ragen. Ihre Nippel recken sich mir entgegen und ich lasse meine Daumen darüber wandern.

Eigentlich sollte ich längst zuhause sein. Doch irgendwie zieht mich nichts dorthin, obwohl der Job abgeschlossen ist. Ich hätte die Sache mit Maria gar nicht so weit treiben müssen. Der Plan war es, den Deal ohne Sex abzuschließen. Was auch problemlos möglich gewesen wäre, aber dann kam Lielle mit ihrem *Schlussstrich* und ich habe keinen Sinn mehr darin gesehen, Rücksicht auf sie zu nehmen.

Schon wieder denke ich an sie, das darf doch nicht wahr sein! Wieso lässt mich diese Frau nicht los?

»Dreh dich um«, knurre ich, packe Maria an den Schultern und drehe sie von mir weg.

Das Wasser spritzt auf und sie lacht leise.

Ich packe Marias Hüften und ziehe sie näher an mich heran, bis sie sich so weit vorbeugt, dass ihr Oberkörper auf dem Beckenrand liegt. Dann lasse ich meine Finger zwischen ihre Beine wandern, spüre, dass sie feucht ist und werde ebenfalls hart.

Na endlich.

Während ich mich langsam in sie schiebe, vergrabe ich eine Hand in ihrem nassen Haar.

Es fühlt sich gut an.

Aber nicht so gut, wie es könnte.

Lielle

Das Flittchen, bei dem sich Cyph seine Zeit vertreibt, und ihr Ehemann, der jetzt um einige hunderttausend Dollar ärmer ist, wohnen in der Nähe des Elbow River. Wie ich befürchtet habe, ist ihr Häuschen gut gesichert, durch ein schwarzes Metalltor und mehrere Sicherheitskameras, die unaufhörlich hin und her surren.

Wahrscheinlich ist das Security-System ihrer Villa mit der ansässigen Polizeiwache verbunden, was es für mich nicht gerade einfacher macht.

Ich verstecke mich in den Schatten der gestutzten Hecke wie ein drittklassiger Einbrecher und weiß, dass es totaler Irrsinn ist, was ich hier gerade tue. Ich sollte warten, bis Cyph ins Haus der *Black Bones* am Lake Bonavista zurückkehrt und dann mit ihm reden. Aber das kann ich nicht.

Dass er noch nicht wieder zurück ist, kann nur zwei Dinge bedeuten: Entweder, es gibt Probleme oder ...

Allein bei dem Gedanken daran, wie er es mit dieser Maria Sanchez treibt, wird mir schlecht.

Ein Teil von mir erinnert mich daran, dass es nicht zum Plan gehörte, dass Cyph mit der Zielperson schläft. Ein anderer flüstert immerzu: Darauf wollte er nur wegen dir verzichten. Aber du musstest ihn ja abschießen.

Einerseits hoffe ich, dass ich mich auf Cyph verlassen kann, andererseits weiß ich, dass ich kein Anrecht auf ihn habe.

Er ist mir nichts schuldig, muss mir nicht treu sein. Das habe ich mir gründlich versaut. Und trotzdem fühlt sich allein die Vorstellung, dass er seine neue Freiheit direkt ausnutzt, an wie ein Schlag ins Gesicht.

»Du steigerst dich da in was rein«, rede ich mir ein. Doch irgendwie weiß ich, dass ich recht habe.

So oder so muss ich mit eigenen Augen sehen, wovon Cyph sich so lange aufhalten lässt.

Ich hole mein Handy raus und wähle Jess' Nummer. Ihr Freund East war absolut dagegen, dass ich Cyph folge, aber sie hat sich auf meine Seite geschlagen.

»Okay«, flüstere ich, als sie abnimmt. »Zwei Bascom Pro Cams am Vordertor und –«

»Das haben wir gleich«, unterbricht mich Jess und ich höre, wie sie anfängt zu tippen. Sie wird sich jetzt irgendwie an meinem Smartphone oder meiner Smartwatch bedienen und mir so Zutritt verschaffen. Ich werde nie verstehen, wie genau das Hacken funktioniert, aber das ist auch nicht wichtig. Hauptsache, ich komme ungesehen aufs Grundstück.

»Sieh gut hin. Linke Seite«, fordert Jess.

Ich blicke zur linken Kamera und sehe, wie das rote Licht daran erlischt.

»Zauberkünstlerin«, grinse ich.

Ich höre Jess leise lachen. »Und rechts.«

Auch die rechte Cam wird außer Gefecht gesetzt.

»Du hast jetzt 15 Sekunden.«

»Danke, Süße.«

»Halt dich bereit in 3 ...«

Ein Surren, dann öffnet sich das Tor langsam.

»2 ...«

»1«, sage ich, als der Spalt zwischen Tor und Mauer breit genug ist und sprinte los.

Cyph

Marias Stöhnen muss noch einige Meilen entfernt zu hören sein. Es übertönt das Plätschern des Pools und das entfernte Rauschen der Straße. Es törnt mich unheimlich an, wie sie sich gehen lässt. Was wohl ihre Nachbarn denken? Schließlich müssen sie wissen, dass ihr Mann nicht zuhause ist.

Das soll nicht mein Problem sein. Nach heute Nacht wird sie mich nie wiedersehen, und was das Beste ist: Niemand wird mich oder die anderen *Bones* mit den Verlusten in Verbindung bringen, die Mister Sanchez gemacht hat. Alles sieht aus, als hätte sich der Gute an der Börse verkalkuliert und so eine Menge Kohle verloren. Was nur zur Hälfte stimmt. Verloren hat er sein Geld – allerdings an uns.

Und die kleine Miss Untreu hat mir dabei in die Hände gespielt und mir unbewusst Einblicke in die Aktien ihres Mannes ermöglicht.

Maria ist viel zu jung für Guillermo Sanchez. Ich schätze sie auf zwanzig, fast noch ein Mädchen. Das erklärt auch ihre unbeholfene Art und ihre ungezügelte Begeisterung, obwohl ich nur das Standardprogramm abspule. Aber sie ist genau das, was ich jetzt brauche.

Jemand, der keine Fragen stellt. An dem ich mich abreagieren kann.

Immer wieder dringe ich in sie ein und mit jedem Stoß vergesse ich Lielle ein bisschen mehr. Sie wird schon sehen, was sie davon hat, dass sie mich zum Teufel gejagt hat.

»O mein Gott«, keucht Maria, als ich wieder nach ihren Brüsten greife.

Mittlerweile bin ich so aufgeheizt, dass sich das Poolwasser um mich herum kühl anfühlt.

Ich senke meine Lippen auf ihren Hals und sauge an ihrer Haut, was ihr ein weiteres Stöhnen entlockt.

Dann sehe ich einen Schatten. Es wird nur kurz eine Spur dunkler, aber ich merke es direkt. Sofort blicke ich auf, fest davon überzeugt, dass Guillermo Sanchez uns erwischt hat.

Doch da ist niemand.

Trotzdem spüre ich instinktiv, dass wir zwei nicht länger allein sind, und lasse meinen Blick schweifen.

Die Villa ist immer noch stockfinster und auch im Licht der Kerzen auf der Terrasse ist niemand zu sehen. Doch sie flackern leicht. Als wäre gerade eben jemand daran vorbei geschlichen.

»Warum hörst du auf?« Marias Stimme ist ein atemloses Flüstern.

Ich antworte ihr nicht, schaue mich stattdessen weiter um. Es dauert etwas, bis sich meine Augen an die Finsternis um den Pool herum gewöhnt haben.

Welcher Penner auch immer uns da beobachtet, er oder sie will offenbar nicht gesehen werden.

»Was –?«

»Shh.« Ich presse Maria von hinten eine Hand auf den Mund.

Und dann erblicke ich sie. Sie steht im Schatten eines Baumes. Das silberne Haar glänzt wie ein Wasserfall im Mondlicht.

»Lielle«, flüstere ich.

Ausgerechnet sie. Ausgerechnet jetzt und hier.

Unsere Blicke treffen sich und ihre blauen Augen sprühen Funken.

Dann macht sie auf dem Absatz kehrt und verschwindet in der Dunkelheit.

Kapitel 1
,lost in you'

**Calgary, Kanada
1 Woche später**

Cyph

»Aufstehen, Alter.«

Ich kneife die Augen zusammen und hoffe, dass East einfach verschwindet, wenn ich ihn nur lange genug ignoriere. Ich habe das Gefühl, dass ich gerade erst eingeschlafen bin, mein Schädel dröhnt und ich fürchte, dass ich gestern den einen oder anderen Whiskey hatte, an den ich mich nicht mehr erinnern kann.

»Cyph, wir haben was zu besprechen. Steh auf.«

»Dafür braucht ihr mich nicht«, nuschle ich und drehe mich auf die Seite.

»Dich nicht, aber das Sofa.«

»Wieso geht ihr nicht runter ins Wohnzimmer und ...?«

Ich verstumme, als mir klar wird, was seine Worte bedeuten. Das Sofa. Das heißt, ich liege nicht in meinem Bett.

Widerwillig öffne ich die Augen und sehe mich East gegenüber. Und Jess, ihrem Bruder Cas, Milo, Kyan, Terra und …

»Scheiße«, stöhne ich und setze mich auf. Stehen etwa alle *Bones* um mich herum und glotzen mich blöd an?

Nein, nicht alle. Lielle tut, was sie seit einer Woche am besten kann. Sie ignoriert mich. In einem schwarzen Kleid, das irgendwie aus lauter Gürteln und Schnallen zu bestehen scheint, lehnt sie an der Wand und tippt auf ihrem Handy herum. Sofort fällt mir auf, dass ihr Haar nicht mehr den Metallicton hat, sondern honigblond ist. Dass sie es gefärbt hat, ohne, dass ich vorher etwas davon wusste, versetzt mir einen Stich. Ich fühle mich bescheuerterweise übergangen, obwohl ihre Haarfarbe meine kleinste Sorge sein sollte.

»Was soll das, habt ihr nichts zu tun?« Ich fahre mir mit den Händen durchs Gesicht und entdecke die leere Flasche zu meinen Füßen. Habe ich es doch gewusst.

»Doch. Aber dafür ist es nötig, dass du deinen Arsch von der Couch bewegst und halbwegs zurechnungsfähig bist.« Milo grinst sein blödes Schleimergrinsen und bringt mich damit auf 180.

»Ja, ja, schon gut.« Ich stehe auf, schiebe mich durch die *Bones*, die mich widerwillig durchlassen und steuere auf die Treppe und somit auch auf Lielle zu.

Sie sieht nicht auf.

Ich vergewissere mich mit einem Blick über die Schulter, dass die anderen Gangmitglieder mir nicht auch noch hinterherstarren. Sie breiten sich gerade im

Wohnzimmer aus und scheinen nicht weiter auf meinem Totalausfall herumreiten zu wollen. Also wende ich mich wieder Lielle zu.

»Baby, wir müssen reden.«

Wie nicht anders zu erwarten, tut sie, als wäre ich Luft. Sie zuckt nicht einmal mit der Wimper, als ich sie anspreche. Stattdessen ruft sie jetzt auch noch irgendein bescheuertes Video auf, das ihr irgendwer per WhatsApp oder Facebook geschickt hat. Ein alberner Song ertönt und ich erhasche einen Blick auf ihr Display, wo sich der Reihe nach ein Rodeoreiter nach dem anderen von einem Bullen abwerfen lässt.

»Lielle, rede mit mir«, zische ich. »Was soll die Scheiße? Du kannst mich nicht ewig ignorieren!«

Doch anscheinend hat sie beschlossen, dass sie genau das kann.

Ich schüttle den Kopf und lasse sie stehen. Soll sie doch beleidigt spielen, wenn sie meint. Irgendwann wird sie mit mir reden müssen.

Lielle

Ich setze mich auf die Lehne des Sessels, auf dem Terra Platz genommen hat und spüre dabei Cyphs glühenden Blick im Nacken. Mittlerweile habe ich mich daran gewöhnt, ihn zu ignorieren – so wie man einen chronischen Schmerz irgendwann einfach hinnimmt.

East, der mir gegenüber auf einem weiteren Sessel sitzt, mit Jess auf seinem Schoß, sieht mich einen Moment lang mit unergründlichem Blick an.

Dann sagt er: »Also schön, Leute. Es gibt einen neuen Job für uns. Was Großes.«

»Das wurde aber auch Zeit«, ruft Cas, unser jüngstes und ungeduldigstes Mitglied. Er ist gerade mal 14 und auf dem Weg, einer der besten Hacker Amerikas zu werden. Dank der Anleitung von Jess, East, Terra und Cyph, die vermutlich die derzeit besten Hacker der Welt sind.

Auch die anderen freuen sich. Ich weiß bereits, worum es geht. Jess hat mich eingeweiht und ich habe sofort mein Haar gefärbt, damit auch der letzte Idiot sieht, dass ich diejenige bin, die die Hauptrolle in diesem Job übernehmen sollte.

East lässt ein zufriedenes Grinsen sehen, ehe er fortfährt: »Ihr könnt euch gleich weiterfreuen. Es geht um Autos.«

Autos. Das ist neben Computern der Fetisch der meisten in der Gang. East und Cyph lieben ihre aufgetunten Karren sogar so sehr, dass sie sie nach unserer Flucht aus den Staaten in einer waghalsigen Aktion über die kanadische Grenze geschmuggelt haben. Ich hatte keine Sekunde lang Zweifel daran, dass sie es schaffen würden.

East ist ein furchtloser Draufgänger, Cyph ein Alleskönner. Die beiden sind viel zu stur, um sich erwischen zu lassen.

Ich bin für einen Moment versucht, mich zu Cyph umzudrehen, um zu sehen, wie er auf die Neuigkeiten reagiert. Ich habe ihn nach ein paar Minuten wieder runterkommen gehört und spüre, dass er irgendwo hinter mir steht.

Doch ich lasse es. Vor meinem inneren Auge sehe ich sowieso ständig sein Gesicht. Seine markanten Züge, die trügerisch kalten stahlfarbenen Augen.

»Ihr kennt vermutlich alle DayBreak Motors, Kanadas innovativsten Autohersteller.« In Easts Worten liegt eine gewisse Ironie, die sich im nächsten Augenblick erklärt.

»Der mit den selbstfahrenden Autos?«, wirft Kyan ein. »Verdammtes Teufelszeug. Ich fahr meinen Wagen lieber selbst!«

»Das sehe ich genauso. Ein Grund mehr, DayBreak Motors eins reinzuwürgen.« East blickt in die Runde. »Gerüchten zufolge stellt der Konzern in Kürze ein neues Modell vor. Selbstfahrend mit Solarenergie, dabei schnell wie ein Sportwagen dank KI-Unterstützung.«

»Künstliche Intelligenz«, spuckt Kyan förmlich aus. »Also, bevor Siri mein Auto fährt, fahre ich erst recht lieber selbst!«

Gelächter, außer von Cyph und mir. Unsere miese Stimmung ist nichts Neues und niemand wundert sich.

»Darüber habe ich etwas im Netz gelesen«, mischt sich Cas ein, der in der letzten Zeit fast schon zu einem vollwertigen *Black Bone* geworden ist. »Ein paar Skeptiker meinen, dass es saugefährlich ist. Wenn alles über KI läuft, kann sich praktisch jeder ins System einhacken und die Karre einfach übernehmen. Eine Vollbremsung auf der Autobahn ist dann genauso wenig ein Problem wie Car-Napping.«

»Deshalb gefällt mir der Job ja so gut.« East grinst. »Wir schlagen sie mit ihren eigenen Waffen.«

»Worin besteht der Job?«, will Terra wissen.

East fixiert sie aus seinen stechenden Augen. »Raptor Evolutions, DayBreaks weltweit größter Konkurrent in Sachen selbstfahrende Autos, will den Wagen. Also tun wir, was wir am besten können. Wir stehlen ihn.«

»Das ganze Auto?«, fragt Milo. »Du meinst, die Software.«

»Nein, ich meine das Auto. Raptor ist nicht nur an der Technik interessiert, sondern auch am Motorbau und dem Design. DBM nutzt einen neuartigen Vanta-Lack, der den Wagen in der Nacht praktisch unsichtbar macht. Sie zahlen uns 350.000 Dollar. Also schleichen wir uns ein und erledigen den Job.«

Uns einschleichen. Das haben wir in den letzten Jahren perfektioniert.

Dane Cooper, ein ehemaliges Mitglied der *Bones*, war fantastisch darin, in fremde Rollen zu schlüpfen. Er war ein gutes Dreivierteljahr lang bei uns und sitzt jetzt im Knast, wo er von mir aus verrotten kann.

Er fehlt uns nicht. Auch ich bin von Haus aus eine Verwandlungskünstlerin und seit Dane weg ist, hat Cyph ebenfalls zum Teil seinen Job übernommen.

Vermutlich hofft er gerade schon, dass er sich jetzt bei der nächsten Millionärsgattin einschleichen und sie flachlegen kann.

Aber das kann er sich abschminken. Jess und ich wissen, wie wir das verhindern können.

»Wie soll das ablaufen?«, frage ich.

»Jonathan Stryker, der Gründer von DayBreak Motors, hat die Geschäfte vor rund zwei Jahren an seinen

Sohn abgetreten. Der ist es auch, der die Modernisierung der Autos vorantreibt«, erklärt East. »Zachary ‚Zac‘ Stryker, 34 Jahre alt, Ingenieur, Geschwindigkeitsfan und großkotziger Neureicher. *Wir werden das Autofahren revolutionieren. Sie werden sich fühlen wie ein Gott hinter dem Steuer.* Solche Sätze kommen von dem Typen. Aber ich halte ihn für die Schwachstelle des Unternehmens. Er macht den Job noch nicht lange und auf seinen Schultern lastet eine Menge Druck. Gerade so kurz vor dem Release hat er sicher andere Dinge im Kopf, als uns zu enttarnen. Ich würde also vorschlagen ...«

»Hat der Kerl Familie?«, unterbreche ich ihn. Obwohl ich die Antwort bereits kenne. »Eine Frau?«

East sieht mich an und ich entdecke Unwillen in seinen Augen. Er scheint zu ahnen, was ich vorhabe – und bester Freund bleibt nun einmal bester Freund.

»Nein«, sagt er. »Zac Stryker ist Single.«

Ich nicke. »Gut, dann mache ich es. Ich werde mich bei ihm einschleichen und ihn so sehr um den Verstand bringen, dass er gar nicht merkt, wenn der Wagen weg ist.«

»Ich bin dafür«, sagt Jess und erntet dafür einen missbilligenden Blick von East.

»Alternativ«, beginnt er, aber ich schüttle den Kopf.

»Wir brauchen keine Alternative. Ich regle das. Verlasst euch auf mich.«

Cyph

Zachary Stryker grinst mich von dem Foto, das uns East aufs Handy geschickt hat, so dämlich an, dass ich ihn am liebsten gleich aus seinem Anzug boxen würde. Er sieht aus wie einer dieser Typen aus den Parfümwerbungen. Dunkles, top gestyltes Haar, breite Schultern, die in einem Maßanzug stecken und so ausdrucksstarke Augen, dass sie wirken wie geschminkt.

»Eitler Pisser«, knurre ich und drücke das Foto weg.

Doch Lielle scheint es kaum erwarten zu können, sich dem Kerl an den Hals zu werfen. Sie wollte sich nicht einmal Easts alternativen Plan anhören. Wahrscheinlich ist das ihre Rache für den Sanchez-Deal vor einer Woche.

Ich wechsle einen kurzen Blick mit East, aber er zuckt nur leicht mit den Schultern.

Klar, was soll er auch machen? Lielle ist schließlich genau die richtige Frau für den Job. Ob es mir passt oder nicht.

Bei den *Black Bones* hat jeder eine feste Rolle. East, Jess und Terra sind unsere Hacker. Das Herz der Gang. Milo ist Fälscher und kann alles herstellen, was wir für unsere Aufträge brauchen, beispielsweise perfekt wirkende falsche Personalausweise. Kyan ist ein hervorragender Fluchtwagenfahrer. Ich bin Springer, was im Prinzip heißt, dass ich in jeder Situation tue, was nötig ist. Und Lielle? Sie ist ein Chamäleon, in jeder Hinsicht. Heute kann sie schon wieder eine ganz andere Frau sein als gestern.

Ich beobachte sie dabei, wie sie Strykers Bild betrachtet. Ihre Augen scheinen durch das Handydisplay hindurch zu blicken. Na, immerhin hat sie so viel Anstand, den Kerl nicht gleich hier und jetzt vollzusabbern.

»Wann geht's los?«, frage ich, weil ich nicht den Anschein erwecken will, dass mich Lielle mit dieser Aktion trifft.

»Am besten heute noch. Kyan, kümmere dich um ein Apartment für Lielle in der Innenstadt. Cas, du hilfst nach und sorgst dafür, dass es keine anderen Interessenten für die Wohnung gibt, die Kyan aussucht. Blockier den Mailverkehr und die Anrufe, damit wir die einzigen Bewerber sind.«

Cas grinst breit und nickt. Der Junge lebt sich hier gut ein.

Jess sieht stolz zu ihm herüber.

»Milo, besorg Lielle eine neue Identität. Sie muss ...«

Weiter höre ich nicht zu. So sehr ich es auch versuche, ich kann mich einfach nicht konzentrieren. Ich sehe Lielle förmlich vor mir, wie sie sich mit diesem Schnösel vergnügt. Edle Restaurants, Charity-Events und Cocktail-Partys.

Ist es das, was sie in Wahrheit will?

Ich mustere sie erneut. Soweit ich weiß, ist sie in einer Kleinstadt irgendwo in Indiana aufgewachsen. Ihre Familie ist ziemlich konservativ und Lielle kurz nach ihrem sechzehnten Geburtstag von dort abgehauen. Es hat sie auf direktem Weg nach Detroit verschlagen, wo sie sich von den Frauen reicher Ehemänner anheuern lassen hat, um deren Treue zu testen. Für Lielle gab es immer einen guten Anteil an der Scheidungsabfindung. Sie hat einen extravaganten Geschmack und ist

Luxus nicht abgeneigt. Vielleicht passen wir deshalb nicht zusammen.

Doch insgeheim weiß ich, dass das Blödsinn ist. Lielle macht nur ihren Job. Ob der sie zu einem Millionenerben oder zu einem autarken Ökospinner verschlägt, ist dabei unerheblich.

Ein Klingeln reißt mich aus meinen Gedanken und ich sehe auf. Es kommt aus Lielles Richtung und ich glaube, dass sie mir jetzt endgültig eine verpassen will, indem sie vor versammelter Mannschaft mit einem neuen Lover telefoniert. Doch das Schellen kommt nicht von ihrem, sondern Terras Handy. Schnell drückt sie den Anruf weg, streicht sich eine Strähne ihres petrolfarbenen Haars hinter die Ohren und sieht entschuldigend in die Runde.

»Gibt es noch irgendwelche Fragen?«, will East wissen und ich stelle fest, dass ich die ganze Planung verpennt habe.

Ich schüttle den Kopf.

Nein, Fragen gibt es keine. Zumindest noch nicht …

Lielle

Das Hämmern und Bohren bereitet mir Kopfschmerzen. Die Jungs sind damit beschäftigt, irgendwelche futuristischen Möbel aufzubauen, die mein neues Apartment in eine Raumschiffzentrale verwandeln. Jess putzt die riesige Glasfront und ich laufe auf und ab, um mir die Infos einzuprägen, die Milo mir über Eleonora ‚Elle' Henderson ausgedruckt hat.

Elle wird für die nächsten Wochen meine neue Identität darstellen. Es ist wichtig, dass Scheinidentitäten einen Namen bekommen, der dem echten Namen ähnlich ist, damit man auch wirklich darauf hört und nicht auffliegt. Mit Elle kann ich leben, auch wenn mich noch nie zuvor jemand so genannt hat.

Ich bleibe stehen, schließe die Augen und gehe die wichtigsten Infos im Kopf durch. Elle ist 24 Jahre alt. Sie kommt aus den USA, was gut ist, denn dort kenne ich mich wenigstens aus. Ihre Eltern sind am elften September ums Leben gekommen und sie hat keine Geschwister oder nennenswerten Freundschaften. Elle liebt Luxus, schnelle Autos und hasst Männer, die meinen, sich alles kaufen zu können. Den letzten Punkt habe ich hinzugefügt, da ich glaube, dass er Zac reizen wird. Denn Elle ist eine Stripperin in einem Edelclub und Zac ist es gewohnt, durch seinen Reichtum alles zu bekommen, was er möchte.

Tja, mich wird er so leicht nicht um den Finger wickeln und ich glaube, das ist eine Tatsache, die sein Interesse wecken wird.

Ich öffne die Augen wieder und stelle fest, dass es um mich herum ziemlich still geworden ist. Der Großteil der *Bones* steht draußen auf der Dachterrasse und macht eine Pause.

Alle bis auf einen.

Cyph ist gerade dabei, mir eine Highspeed-Internetverbindung einzurichten. Ich weiß, dass er das eigentlich schneller kann und mir ist klar, dass er extra trödelt, um mit mir allein zu sein.

»Mach Pause, Cyph«, sage ich kurz angebunden und will an ihm vorbei, um ebenfalls nach draußen zu gehen, doch er wendet sich vom PC ab und baut sich vor mir auf.

»Was soll das hier eigentlich werden? Eine verdammte Retourkutsche?!«

»Ich weiß nicht, wovon du redest.«

Cyph lacht auf, es klingt hart und wütend. »Natürlich weißt du das, Lielle.«

Ich schüttle den Kopf und mustere ihn kühl, auch wenn es mir schwerfällt, ihm überhaupt ins Gesicht zu blicken. Seine muskulöse Brust anzustarren, würde die Sache allerdings auch nicht leichter machen. »Ich mache nur meinen Job.«

»Verarsch mich doch nicht!« Cyph versperrt mir immer noch den Weg. »Was du hier abziehst, ist die Rache für den Sanchez-Auftrag. Dabei solltest du dir nur eines klarmachen: *Du* hast *mich* abserviert, nicht andersherum!«

»Richtig.«

Auch wenn ich es zwischenzeitlich bereut habe, Cyph den Laufpass gegeben zu haben, bin ich jetzt mehr als froh darüber. Ich habe die Sache beendet, bevor ich zu viele Gefühle investieren konnte. Cyph ist nicht besser als die Männer, die ich vor meinem Einstieg bei den *Bones* auf ihre Treue getestet habe. Wenn sich ihm die Gelegenheit bietet, springt er mit der erstbesten anderen Frau ins Bett. Wäre ich ihm so wichtig, wie er in der letzten Zeit tut, hätte er seine Hose ein paar Tage anbehalten – Maria Sanchez hin oder her. Aber das hat er nicht und das beweist mir, dass er nicht besser ist als der Rest der *Bones*.

Von East und Jess mal abgesehen, scheint hier niemand an einer ernsthaften Beziehung interessiert zu sein. Kyan und Milo hecheln jedem Rock hinterher und auch Terra treibt sich mehr und mehr rum. Auch heute ist sie wieder nicht da und ich vermute, dass sie irgendwo einen Lover hat. Sie wechselt ihre Partner ständig und ist der Meinung, dass sie eine feste Beziehung in ihrem Leben nicht gebrauchen kann. Ich fürchte, ich bin die Einzige, die von so etwas träumt – von einem Mann, zu dem ich gehöre und der mir gehört. Oder besser gesagt, geträumt hat. Einen Augenblick lang.

»Warum hast du dich dann für diesen Job gemeldet, verrätst du mir das?«

»Das ist ja wohl mehr als offensichtlich.« Ich sehe ihn nicht mehr an, was ignorant wirken soll, aber eigentlich nur dazu dient, dass ich ihm nicht in die Augen blicken muss. Ich will nicht wissen, was ich darin entdecke.

Verletzten Stolz, Kampfgeist, Schmerz?

»Das ist mein Spezialgebiet, wer soll die Arbeit sonst machen. Du etwa?«

»Du hast dir die Alternative gar nicht erst angehört.«

»Und daraus schließt du was?« Jetzt schaue ich ihn doch an. Die Entschlossenheit in seinem Blick bringt mein Herz zum Stolpern. Doch davon lasse ich mir nichts anmerken. Nach außen hin bleibe ich kalt wie Eis.

»Dass das eine billige Racheaktion sein soll.«

»Ich bitte dich, Cyph. Nimm dich nicht wichtiger, als du bist.«

Damit lasse ich ihn stehen und gehe nach draußen zum Rest der Gang.

Ich bin nervös. Die letzten Tage über habe ich bereits in Elles Apartment gelebt, um mich voll und ganz an meine neue Rolle zu gewöhnen. Cyph habe ich während dieser Zeit kein einziges Mal mehr gesehen. Wenn die *Bones* hier waren, um mir weiter beim Einrichten zu helfen oder die Wohnung zu verkabeln, war er nie dabei. Anscheinend war ich bei unserem letzten Gespräch deutlich genug.

Umso aufgeregter bin ich jetzt, dass ich gleich die ganzen *Black Bones* sehen werde. Es gehört zu unseren Ritualen, dass wir uns vor jedem großen Job noch einmal einschwören, den Plan durchgehen und uns versichern, dass wir uns aufeinander verlassen können.

Ich parke den kleinen roten Sportflitzer, den meine neue Identität, Elle Henderson, fährt, vor dem Clubhaus am Rande von Calgary und steige aus. Die roten Lack-High-Heels, die ich mir extra für meine Rolle zugelegt habe, leuchten in der einsetzenden Dämmerung. Sie passen perfekt zu dem seidigen Etuikleid, das ich trage.

Ich hoffe, dass dieses Outfit Cyph den Atem rauben wird. Er soll ruhig sehen, was ihm entgeht.

»Hey, Lielle.« Auf den Stufen vor dem Haus sitzt Jess in einem ihrer Metal-Band-Shirts und winkt mir zu.

»Hallo, Süße.« Ich gehe zu ihr und nehme kurzerhand neben ihr Platz.

Sie ist in den letzten Tagen zu meiner Verbündeten geworden und ich bin froh, dass ich ein paar Minuten ungestört mit ihr reden kann.

»Wie sehe ich aus?«

Jess mustert mich und lächelt. »Cyph, der Dummkopf, würde Augen machen.«

»Würde?« Ich schlage die Beine übereinander und sehe Jess fragend an.

Sie zuckt mit den Schultern. »Er ist seit Tagen nicht bei uns. Keine Ahnung, wo er sich rumtreibt. Heute ist er jedenfalls auch nicht da.«

Ich schlucke. Damit hätte ich rechnen müssen. Offenbar sind Cyph und ich noch nicht damit fertig, einander ans Bein zu pinkeln.

»Dieser ...« Ich spreche nicht weiter, weil mir die Beschimpfungen ausgegangen sind.

»Lielle, versteh mich nicht falsch.« Jess greift nach meiner Hand und sieht mich an. »Aber meinst du nicht, dass ihr euch aussprechen müsst? Ich blicke bei euch mittlerweile nicht mehr durch und glaube, dass es Cyph ähnlich geht. Zuerst machst du mit ihm Schluss, dann willst du ihn doch und als du siehst, dass er seinen Job macht –«

»Das war nicht sein Job. Mit ihr zu schlafen, gehörte nicht zum Plan!«

Jess nickt. »Gut, er hat es aber trotzdem getan. Er war Single und hat mit einer anderen Frau geschlafen. Das kannst du ihm eigentlich nicht vorwerfen.«

»Das tue ich auch nicht.«

Jess sieht mich zweifelnd an.

»Nicht direkt jedenfalls. Ich habe dadurch nur festgestellt, dass wir beide wirklich nicht zusammenpassen.«

»Ach ja?«

Ich seufze. Klar, dass das für Außenstehende bescheuert aussieht. »Ich werde es dir erklären.« Ich brauche einen Moment, um mich zu sammeln. »Zuerst war das mit Cyph und mir nur so eine lose Bettgeschichte.«

Nur so eine lose Bettgeschichte – wie das klingt. Als hätten wir uns bloß ein wenig die Zeit vertrieben. In Wahrheit jedoch war bereits unser erstes Mal so heftig wie ein Erdbeben, wie ein Feuersturm. Und danach konnten wir monatelang nicht die Finger voneinander lassen. Wie zwei Besessene.

»Dann habe ich gemerkt, dass er sich nicht mehr mit anderen trifft und festgestellt, dass ich das auch nicht tue«, fahre ich fort. »Es schien irgendwie ernster zu werden zwischen uns. Und da habe ich Panik gekriegt. Ich weiß, wie Männer ticken. Sie sind allesamt untreue Mistkerle. Und ...« Ich spreche nicht weiter. Was soll ich auch sagen? Dass ich Angst davor habe, verletzt zu werden?

»Das ist nicht wahr. Bei den Männern, die du früher verführt hast, damit ihre Ehefrauen sich gewinnbringend scheiden lassen können, gab es vorher schon Eheprobleme. Sonst wären die Frauen doch gar nicht auf solche Ideen gekommen. Und wenn sowieso schon was schief läuft, dann lässt man sich viel eher zu einem Seitensprung hinreißen. Aber du kannst diese kaputten Beziehungen doch nicht mit dem vergleichen, was du mit Cyph hattest.«

»Du hättest ihn mit Maria Sanchez sehen sollen.«

Jess drückt meine Hand und ich spüre, dass meine eigenen Finger eiskalt geworden sind. »Es ist total verständlich, dass dich das verletzt hat. Schließlich wolltest du Cyph gerade gestehen, dass du einen Fehler gemacht hast und doch mit ihm zusammen sein willst. Aber vergiss dabei nicht, dass er das nicht wissen konnte. Für ihn war die Sache zwischen euch erledigt.«

Ich schüttle den Kopf. »Schlimm genug, wenn es sich für ihn so schnell erledigt hat.«

»Du weißt doch genau, wie ich das meine, Lielle.«

Ja, das weiß ich wirklich. Trotzdem tut es dadurch nicht weniger weh.

»Ich bleibe dabei: Wäre es ihm mit uns ernst gewesen, hätte er gekämpft, statt mit der Erstbesten ins Bett zu gehen.«

»Er ist ein Sturkopf, genau wie East. Sie lassen sich nicht gerne vorführen.«

Ich denke einen Moment darüber nach. Ich glaube, ich weiß ein bisschen besser, wie Cyph tickt. Wie Männer generell ticken. In meinem Job als Treuetesterin musste ich eins feststellen: Einer jungen, willigen Frau widersteht kein Mann.

Kein einziger.

»Es ist besser so, wie es jetzt ist«, sage ich und stehe auf.

Ich bin bisher bestens allein zurechtgekommen und so wird es auch in Zukunft sein. Und wer weiß, vielleicht können Cyph und ich beide irgendwann unser verletztes Ego vergessen und zumindest wieder Freunde sein.

***

Keine zehn Minuten später stehen wir alle gemeinsam – bis auf Cyph natürlich – auf der großen Terrasse im zweiten Stock des Hauses. Baumkronen umgeben uns, in der Ferne glänzt der See im blauen Dämmerlicht wie eine Spiegelfläche.

Kyan verteilt mit Whiskey gefüllte Gläser an uns alle – für jeden ein Schluck mehr, als gut für uns wäre. Wir *Bones* übertreiben gern. Das verbindet uns vermutlich.

Ich atme tief durch und denke zurück an frühere Treffen wie dieses. Das Einschwören, dieser Moment, bevor es kein Zurück mehr gibt, hat mich immer irgendwie angemacht. Es war schön, mich an Cyphs durchtrainierten Körper schmiegen zu können, während wir den Plan nochmal durchgingen. Heute lehne ich allein am hölzernen Geländer und ertappe mich dabei, wie ich immer wieder hinter mich sehe, auf der Suche nach Cyphs blauem Sportwagen.

Aber er kommt nicht.

»Also schön, *Bones*.«

East schließt die tätowierten Finger um sein Glas und zieht mit der anderen Hand Jess an sich, auf deren Lippen bereits ein siegessicheres Lächeln liegt.

»Im Grunde ist das kein komplizierter Job. Lielle, du schleichst dich ein. Jess, Terra und ich räumen dir den Weg frei, wann immer es nötig ist.«

Er spricht von Überwachungskameras, gesicherten Türen und sogar Verkehrsampeln, sollte ich fliehen müssen – es gibt nichts Elektronisches, was unsere Hacker nicht knacken und zu unseren Gunsten verändern könnten.

»Solltest du irgendwelche Dokumente benötigen, Flugtickets auf deinen neuen Namen oder eine Mitgliedskarte fürs Fitnessstudio, setzt sich Milo sofort dran.«

Unser Fälscher salutiert wortlos und mit seinem gekonnt schmeichlerischen Lächeln auf den Lippen.

»Wenn du irgendetwas brauchst, bringt Kyan es dir in Rekordgeschwindigkeit.«

Kyan nickt stumm und hebt bereits das Glas an die Lippen. Er scheint es kaum erwarten zu können, dass er endlich trinken darf.

»Und was mach ich?«, fragt Cas.

»Zusehen und lernen, Brüderchen«, erwidert Jess und zieht ihm sein schwarzes Basecap ins Gesicht, was ihn protestierend einen Schritt zurücktreten lässt.

Ich nicke allen zu und atme nochmal durch.

Ein bisschen nervös bin ich doch, aber das versuche ich zu überspielen, indem ich sage: »Ihr werdet schon sehen. Dieser Stryker frisst mir bald aus der Hand wie ein Hündchen.«

Die *Bones* lachen und heben ihre Gläser, doch East bedeutet ihnen, dass sie noch warten sollen. »Eine Sache noch, Lielle.«

Fragend sehe ich ihn an, doch er scheint nicht vorzuhaben, mir diese Sache vor den anderen zu sagen. Stattdessen nimmt er mich zur Seite, was ihm ein Stirnrunzeln von Jess einbringt.

»Was ist denn?«, frage ich und ahne nichts Gutes.

»Natürlich wirst du bei dem Job gecovert. Einer von uns wird immer in deiner Nähe sein und dich sofort rausholen, wenn es brenzlig wird.«

Ich sehe ihn stumm an. Irgendwie weiß ich, was jetzt kommt, doch ein Teil von mir kann nicht glauben, dass er so unfassbar dreist ist.

»Du kannst es dir denken. Den Job macht Cyph. Er arbeitet sich bereits ein.«

Ich stoße ein ungläubiges Lachen aus. »Das kann er sich abschminken!«

East schüttelt den Kopf. »Nein, kann er nicht. Er ist der Einzige, der für die Position in Frage kommt. Dane Cooper, der sich unauffällig mit dir hätte einschleichen können ...« Sein Gesicht nimmt kurz einen verächtlichen Zug an. »Dane ist nicht mehr da und ich bin kein Springer.«

Springer – das ist Cyphs Bezeichnung bei den *Black Bones*, weil er nicht nur ein Hacker und ein verflucht guter Fahrer, sondern auch noch Pilot und Techniker ist und sowieso die meisten Dinge auf Anhieb hinbekommt. Er ist unglaublich. Aber auch ein Arsch, den ich nach heute Abend so schnell nicht wiedersehen wollte.

Sauer schüttle ich den Kopf. »Dann soll es Jess oder Terra machen! Von mir aus auch Milo oder Kyan, aber auf keinen Fall Cyph!«

East mustert mich lange und uns beiden ist klar, dass wir insgeheim wissen, was hier abgeht. Cyph wird nicht nur deswegen auf mich angesetzt, weil er so geeignet dafür ist, sondern auch, weil er es nicht haben kann, dass ich ihm nicht hinterherdackle.

Aber verdammt, er war es, der unbedingt sofort mit der Nächsten ins Bett steigen musste!

»Als ich mit Cyph darüber gesprochen habe«, sagt East schließlich, »meinte er, dass es kein Problem für euch sein wird, diesen Job gemeinsam zu erledigen. Dass die Sache zwischen euch vorbei und geklärt ist. Ist das nicht so?«

Ich spüre, wie sich das Herz in meiner Brust zusammenkrampft. Vorbei und geklärt, so sieht er das also. Nun. So wenig ich ihn dabeihaben will, werde ich mir jetzt sicher nicht die Blöße geben und etwas anderes behaupten!

»Vorbei und geklärt«, wiederhole ich und nicke, wobei ich die Schultern straffe. »Er hat absolut Recht. Aber er soll sich verflucht nochmal im Hintergrund halten!«

East registriert meine Worte mit einem schiefen Grinsen. »Ich werde es ihm ausrichten.«

Mir ist nicht nach Grinsen zumute. Ich gehe zurück zu den anderen, kippe meinen Whiskey runter und würde Cyph am liebsten eine knallen.

Kann er mich nicht einfach in Ruhe lassen?

Kapitel 2

‚Let the Games begin‘

Satin Secrets
Calgary, Kanada

Zachary

»… Und deshalb sollten Sie unbedingt über eine Zusammenarbeit mit Ecogem Electronics nachdenken, Mister Stryker.«

Erst, als mein Gegenüber aufsteht und mir zur Verabschiedung die Hand reicht, realisiere ich, dass ich seit einigen Minuten nicht mehr zugehört habe. Diese Geschäftstreffen langweilen mich, auch wenn ich dieses zu meinem Amüsement in einen Stripclub verlegt habe.

Mister Carpenter von Ecogem Electronics schien darüber nicht sonderlich verwundert zu sein. Offenbar ist es in manchen Kreisen üblich, seine Geschäfte zwischen Champagner und Poledance-Stangen, Lapdances und Samt-Chaiselongues zu besprechen.

»Haben Sie vielen Dank für Ihre Zeit«, sage ich und stehe ebenfalls auf.

In Wahrheit habe ich mich darüber geärgert, dass Mister Carpenter heute Abend erschienen ist. Als seine Sekretärin unser Büro um ein Meeting gebeten hat, habe ich ihm nur diesen einen möglichen Termin angeboten, in der Hoffnung, dass er absagen würde. Doch anscheinend ist Ecogem die Zusammenarbeit mit DayBreak Motors so wichtig, dass sie ihren besten Mann samstagnachts für Verhandlungen in einen Stripclub schicken.

Mir soll es nur recht sein. Geschäftsmeetings lassen sich bekanntlich von der Steuer absetzen und ich habe vor, dieses bis in die frühen Morgenstunden zu ziehen.

Als Carpenter endlich geht, lasse ich mich zurück auf das Sofa fallen und ordere nun einen Bombay Sapphire. Gin war mir schon immer lieber als Champagner.

Während die Kellnerin noch darüber nachzudenken scheint, wie sie mir am besten beichten soll, dass sie keinen blassen Schimmer hat, was ein Bombay Sapphire ist, sehe ich mich in dem Laden um.

Es ist eine Bar der besseren Sorte. Hochwertige Holzmöbel, goldene Tanzstangen, gesund und gepflegt aussehende Tänzerinnen – doch trotz allem immer noch eine Stripbar.

»Warum schaust du so finster?«, fragt eine samtige Stimme hinter mir und ich drehe langsam den Kopf.

Die Frau, die ich zu sehen bekomme, sorgt dafür, dass mir augenblicklich die Luft wegbleibt. Sie hat langes blondes Haar, das wie Gold glänzt und derart sinnliche Lippen, dass ich mir sofort ausmale, was sie damit alles anstellen kann. Ihre Haut ist leicht gebräunt und so ebenmäßig wie Porzellan – und ihr Blick. Ich kann nicht anders, als in ihre leuchtenden Augen mit den langen Wimpern zu starren. Als sie zu lächeln beginnt, strahlt das Blau darin noch mehr.

»Wer bist du denn, Schönheit?« Ich nehme ihre Hand und führe sie um mich herum.

Als sie vor meinem Sofa steht, nehme ich ihren Körper ganz genau in Augenschein. Ihre wohlgeformten Brüste verbirgt sie unter einem schwarzen BH, der glänzt wie nasses Leder und durch schmale Bänder mit ihrem Slip verbunden zu sein scheint. Ich betrachte ihre Beine, die unverschämt lang sind und in Overkneestiefeln stecken.

»Elle.«

»Dreh dich um, Elle.«

Sie sieht einen Moment wortlos zu mir hinunter, dann löst sie ihre Finger behutsam aus meinen und dreht sich um.

Ihre Hinteransicht ist fast noch atemberaubender als ihre Vorderseite. Ihr Rücken ist bis auf zwei schmale Riemen vollkommen nackt und das Höschen, das sie trägt, zeigt mehr, als es versteckt.

Augenblicklich bekomme ich einen Ständer. Am liebsten würde ich sie an mich ziehen und hier und jetzt über sie herfallen. Aber ich weiß, dass dieser Club videoüberwacht ist, also werde ich mich hüten. Ich habe schließlich einen Ruf zu verlieren.

»Gefalle ich dir?« Elle sieht mich über ihre Schulter hinweg an.

»Was für eine Frage.«

»Dann lad mich doch ein. Wie wäre es mit einem Separee? Die Diamond Lounge ist frei ...«

Ebenso wie ich weiß, dass der Club videoüberwacht ist, weiß ich, dass es die Separees nicht sind.

Ich stehe auf und greife wieder nach ihrer Hand. »Worauf warten wir dann noch?«

Lielle

Zachary Stryker.

Das ist er also. Dunkelhaarig, gutaussehend, perfekt gekleidet. Ein Mann, dem man seinen Stil und seine Klasse anmerkt, ohne dass er etwas dafür tun muss.

Er sitzt entspannt vor mir und sieht mir zu, wie ich meine Hüften zur Musik kreisen lasse. An der Beule in seiner Hose erkenne ich, wie sehr er auf mich abfährt.

Gut so. Schon bald wird er mir aus der Hand fressen ...

»Dreh dich um«, fordert Stryker schon zum zweiten Mal heute.

Irgendwie scheint er es auf meinen Hintern abgesehen zu haben.

Mit einer gekonnten Drehung wirble ich herum und bücke mich so tief, dass eine meiner Hände den Boden berührt. Mit der anderen ziehe ich mein Höschen ein Stück zur Seite und verschaffe Stryker so einen Einblick, der ihn zum Keuchen bringt.

»Du bist der Wahnsinn, Elle«, sagt er.

»Ich weiß«, hauche ich und lasse ihn sich noch einen Moment sattsehen, bevor ich mich wieder aufrichte. Ich trete näher an ihn heran und beuge mich so weit zu ihm hinunter, dass er meine Brüste auf Augenhöhe hat. »Willst du, dass ich mich für dich ausziehe?«

»Du hast ein Talent, blöde Fragen zu stellen«, grinst er und ich muss zugeben, dass dieses Grinsen ziemlich anziehend wirkt.

Ich frage mich, warum ein Mann wie er Single ist. Dann beantworte ich mir die Frage gleich selbst: Warum soll er sich auf eine Frau festlegen, wenn er sie alle haben kann?

»Ich habe noch ganz andere Talente«, säusle ich und trete wieder einen Schritt zurück. Mit einer Hand greife ich hinter meinen Rücken, um die Riemen zu lösen, die meinen BH halten.

Stryker steht auf und kommt näher. Gefährlich nahe. »Komm, ich helfe dir.«

Ich hebe beide Hände und lasse mein Oberteil somit fallen. »Abstand halten«, sage ich und schiebe Stryker an der Brust ein Stück von mir fort.

Für einen Moment denke ich, dass er es mir gleichtun und ebenfalls seine Hände nach meinen Brüsten ausstrecken wird, doch Zac Stryker lässt sich einfach zurück aufs Sofa fallen und sieht mir wieder zu.

»Unecht«, stellt er fest.

Ich bin empört. Zwar hat er Recht mit seiner Behauptung – für einen Job habe ich mir vor einer Weile tatsächlich die Brüste machen lassen –, aber eigentlich sollte man es nicht sehen. Sie wirken natürlich. Zumindest habe ich das bisher immer geglaubt.

»Aber nicht übel«, fügt er nach einem Augenblick hinzu.

Nicht aus der Fassung bringen lassen, sage ich mir und wende ihm wieder meine Rückseite zu. Das scheint gegen Stryker die beste Waffe zu sein.

Langsam streife ich mir das Höschen über die Pobacken und kann hören, wie Zacs Atmung schwerer wird. Dann ist er auf einmal hinter mir und zieht mich an sich.

»Hey«, protestiere ich, als er mich mit einem Arm auf Hüfthöhe umfängt und gegen sich drückt. »Nicht anfassen.«

»Bist du sicher?«, fragt Zac nah an meinem Ohr und ich kann nichts dagegen tun, dass mir seine Stimme einen wohligen Schauer verursacht.

»Ganz sicher«, gebe ich zurück, mache aber keine Anstalten, mich von ihm zu lösen.

»Überleg es dir nochmal.« Strykers Finger wandern von meiner Hüfte abwärts zwischen meine Beine. »Ich zahle auch gut.«

Das reicht.

Ich drehe mich um und löse mich so von Stryker. »Ich bin keine Hure, sondern Stripperin!«, sage ich so entrüstet wie möglich.

Stryker sieht mich perplex an. »*Du* hast *mich* angemacht!«

»Das ist mein Job.« Ich nehme den dünnen Samtmantel, den ich vorhin neben dem Sofa deponiert habe und ziehe ihn eilig über. Nachdem ich ihn zugeknotet habe, wende ich mich wieder meinem angeblichen Kunden zu. »Das war's. Deine Zeit ist um.«

Noch immer sieht mich Stryker fassungslos an. »Du wirfst mich raus?«

»Noch nicht.«

Es blitzt triumphierend in Zacs Blick auf, aber ich gönne ihm nur einen kurzen Moment der Genugtuung.

»Du musst erst noch bezahlen.«

Zachary schüttelt ungläubig den Kopf und greift nach seiner Brieftasche. »Wie viel macht das?«

»150. Das Grapschen berechne ich dir nicht extra.«

»Wie großzügig.«

»So bin ich.« Ich lächle das zuckersüße Elle-Lächeln, das ich tagelang vor dem Spiegel geübt habe.

»Der Rest ist für dich.« Zac drückt mir fünf Hundert-Dollar-Scheine in die Hand und geht zur Tür. Dort wendet er sich mir noch einmal zu. In seinen Augen steht eine Mischung aus Sprachlosigkeit, Bewunderung und Entschlossenheit. »Wir zwei sind noch nicht fertig miteinander, Elle.«

Damit geht er.

Und ich sehe ihm mehr als zufrieden nach.

Zachary

Ich liege in meinem Bett und blicke in den Himmel. Die Nacht ist klar und durch das Glasdach in meinem Schlafzimmer kann ich jeden einzelnen Stern zählen. Ich versuche, mich auf die Himmelskörper zu konzentrieren, um endlich einschlafen zu können, doch eine innere Unruhe hat Besitz von mir ergriffen. Ich weiß, dass ich sie nicht loswerde, wenn ich weiter tatenlos herumliege.

Also setze ich mich auf und greife nach meinem Handy, das neben mir auf dem Bett liegt. Ich habe eine Nachricht von meiner Schwester Sophie. Da ich nicht gehört habe, wie sie angekommen ist, muss ich zwischendurch wohl doch kurz weggedämmert sein. Ich überfliege sie.

Sophie kündigt sich für morgen mit irgendeiner Eroberung bei mir an. Ich bin gespannt, was für einen Kerl sie diesmal anschleppt. Der Männergeschmack meiner Schwester ist nicht gerade das, was mein Vater »standesgemäß« nennt.

Wahrscheinlich liegt es bei uns in der Familie, sich in den unteren Schichten nach potenziellen Partnern umzuschauen, vermute ich und muss sogleich wieder an Elle, die Stripperin denken.

Seit sie mich im Club abblitzen lassen hat, bekomme ich sie nicht mehr aus dem Kopf. Sie ist der Grund für meine Schlaflosigkeit, auch wenn ich im Augenblick an andere Dinge denken sollte. An die Geschäfte zum Beispiel. Den anstehenden Release.

Ich schreibe Sophie, dass sie jederzeit willkommen ist und stehe endgültig auf.

Im Haus ist es absolut still und dunkel.

Aus dem Fenster schaue ich hinüber zum Gästehaus, das ab morgen zumindest bewohnt sein wird. Ich verabscheue die Ruhe hier draußen, am Rande der Stadt in der Nähe des Nationalparks.

Zwar kann ich von hier aus in der Ferne die Rockys sehen, trotzdem wäre mir ein Penthouse in Downtown deutlich lieber. Doch mein Vater hat seine Prinzipien und die besagen, dass die Strykers sich nicht unter die hektischen, von Burnout und Depressionen geplagten Stadtmenschen mischen. Wir beobachten aus der Ferne.

Wenn er wüsste, wie oft ich mich mit den Menschen in der City abgebe – und das nicht nur beruflich – würde er wahrscheinlich aus seinem Schaukelstuhl fallen.

Ich schüttle den Kopf über meinen Alten und gehe nach nebenan in mein Arbeitszimmer. Ich werde ein paar meiner Kontakte bemühen, damit sie mehr über Elle herausfinden. Und dann wollen wir doch mal sehen, ob mein Geld sie wirklich so kalt lässt, wie sie tut.

Jeder ist käuflich.

Ich wette, auch sie hat ihren Preis.

Lielle

Die erste Nacht undercover ist immer die schwerste. Auch wenn ich die letzten Tage schon hier im Apartment verbracht habe, war es etwas anderes. Da konnte ich zumindest noch zum Teil Lielle sein, mich mit den anderen treffen und austauschen.

Doch seit gestern Abend bin ich Elle, und die hat keine Freunde.

Ich nehme ein langes, ausgiebiges Bad und frage mich, wie ich den Tag rumkriegen soll. Wenn alles nach Plan läuft, wird Stryker heute Abend wieder im Club auftauchen.

Männer wie er lassen eine Abfuhr nicht auf sich sitzen.

Sollte er allerdings nicht kommen, muss ich die anderen kontaktieren, damit East und die anderen Hacker herausfinden, wo er sich aufhält. Danach läge es an mir, Zachary Stryker rein zufällig über den Weg zu laufen. Sollte er anschließend immer noch nicht anbeißen, müsste ich offensiver werden.

Ich strecke mich in der großen Designerwanne aus, lausche auf das Knistern des Badeschaums und denke an gestern Abend. Wie Stryker mich angesehen hat. Voller Begierde und Verlangen. Ich bin mir sicher, dass er den Köder bereits geschluckt hat.

Kaum habe ich den Gedanken zu Ende geführt, klingelt es an der Tür.

Das ist er, schießt es mir durch den Kopf, dann wird mir klar, dass er überhaupt nicht wissen kann, wo ich wohne. Bis auf den Stripclub hat niemand meine Adresse.

Also muss es entweder jemand von dort oder einer von den *Bones* sein, der mir unauffällig etwas liefern möchte. Ich sehe Milo schon vor mir, in Paketboten-Uniform, der mir mit einem Augenzwinkern irgendeinen High-Tech-Laptop vorbeibringt, den ich schleunigst in Betrieb nehmen soll, damit die Hacker darauf zugreifen können.

Ich steige aus der Wanne und wickle mich in ein schwarzes Handtuch, das so weich ist, dass ich es am liebsten nie wieder ablegen würde. Mit nassen Füßen tappe ich durch das offene Wohnzimmer, das eher einem Tanzsaal gleicht und öffne die Tür.

Zu meiner Überraschung steht dort ... niemand.

Nur ein riesiger Strauß aus rosafarbenen Lilien befindet sich auf der Matte. Ein weißer Umschlag steckt darin, den ich sogleich herausziehe.

Elle,

ich möchte mich für mein Verhalten gestern bei dir entschuldigen. Heute Abend um 20 Uhr fährt ein Wagen bei dir vor, der dich zu einem Dinner mit mir bringen wird. Ich würde mich freuen, wenn du kommst.

– Zachary Stryker

Ich lese den Brief einmal, dann ein weiteres Mal und kann kaum glauben, dass Stryker sich nicht nur von lediglich einem Treffen derart hat begeistern lassen, sondern dass er es auch geschafft hat, innerhalb weniger Stunden meinen Aufenthaltsort ausfindig zu machen. Es wird wohl ein bisschen Geld an den Stripclub geflossen sein, damit dieser sich dazu herabgelassen hat, die Adresse einer Mitarbeiterin herauszugeben.

Das kann mir in diesem Fall nur recht sein.

Ich hole den Strauß rein und überlege, ob mir Zac Stryker damit etwas sagen will.

Lilien.

Welche Bedeutung haben diese Blumen?

Ich kenne sie nur von Beerdigungen. Will er mir etwa drohen?

Grinsend stelle ich den Strauß auf den gläsernen Wohnzimmertisch und schnappe mir meine unauffällige, elegante Smartwatch. Ich teile den *Bones* kurz mit, dass mich Stryker heute Abend abholen lässt, dann google ich die Bedeutung von Lilien. Nicht, dass ich ernsthaft glaube, dass Stryker die Blumen mit Bedacht ausgewählt hat. Rosen waren ihm vermutlich einfach zu abgedroschen und direkt.

Trotzdem bin ich jetzt neugierig und diktiere »Lilien Bedeutung« in die Suchmaschine.

Ich überfliege, zu welcher Gattung die Lilie gehört und komme direkt zur Symbolik.

Die Lilie gilt als Königin der Blumen. In ihrer Bedeutung kommt sie der Rose am nächsten. Steht die Rose für die Liebe, so deutet die Lilie auf Hochachtung und Zuneigung hin. Weiter ist sie ein Ausdruck für Unantastbarkeit, Würde, Eleganz und Sinnlichkeit.

»Vielen Dank«, murmle ich und spüre, dass mein Grinsen noch breiter wird. Anscheinend habe ich Stryker genau das Bild vermittelt, das ich wollte.

Ich betrachte den Strauß, der einen süßen Duft verströmt und überlege mir, wie ich Zachary weiter in die richtige Richtung lenken kann.

Auf jeden Fall muss ein passendes Outfit her.

Wenigstens weiß ich jetzt, wie ich den Rest des Tages verbringen soll.

Cyph

Ich wache davon auf, dass eine Nachricht auf meiner Smartwatch eingeht.

Scheiße.

Ich kann sie unmöglich abrufen, denn ich bin nicht allein. Vorsichtig drehe ich mich auf die Seite und bin froh, dass das Bett nur ein leises Quietschen von sich gibt.

So lautlos ich kann, stehe ich auf und schleiche ins Badezimmer. Die Tür schließt sich mit einem Klicken und ich atme auf.

Geschafft.

Die Nachricht ist von East.

Sie wird heute Abend um 20 Uhr abgeholt.

Das ging aber schnell. Sie scheint sich richtig ins Zeug gelegt zu haben. Ich versuche, mir nicht vorzustellen, wie sie sich vor Stryker auszieht. Wie sie ihm alles zeigt. Ihm Einblicke gewährt, die ihm nicht zustehen. Bevor ich wieder wütend werden kann, diktiere ich leise meine Antwort.

Sie soll die Uhr nicht vergessen. Und die Kette aus ihrem Nachttisch auch nicht!

Ich setze mich auf den Rand der Hotelbadewanne und warte, dass East mir antwortet.

Kette?

Klar, dass er keine Ahnung hat, wovon ich spreche. Von der Kette mit dem GPS-Peilsender, die ich in Lielles Schlafzimmer deponiert habe, weiß außer mir niemand etwas.

Peilsender. Zur Sicherheit. Sag es ihr. Sie soll sie nicht vergessen.

Geht klar. Wie läuft es bei dir?

Ich sehe auf die Smartwatch. Es ist gleich Mittag und ich lag bis gerade im Bett. Ich würde mal sagen, es läuft gut.

Sie ist heiß!

Glückwunsch

Penner.

;-)

Ich lösche den Nachrichtenverlauf und widerstehe der Versuchung, Lielle selbst an die Uhr zu erinnern und sie auf die Kette hinzuweisen. Ich laufe ihr ganz bestimmt nicht länger hinterher.
Leise Schritte vor der Badezimmertür, dann klopft es.
»Bist du da drinnen, Honey?«
»Gib mir eine Minute.«
Ich überprüfe nochmal, ob ich auch wirklich alles gelöscht habe und schließe die Tür auf.
Runde zwei kann beginnen.

Lielle

Die Limousine, die mich abgeholt hat, fährt bereits seit vierzig Minuten durch die Dunkelheit. Am Anfang sind wir durch Calgarys beleuchtete Straßen gefahren, dann durch die Vororte und jetzt ist seit einiger Zeit nur noch Schwärze zu sehen. Hin und wieder heben sich Hügel, Berge und Bäume vor dem Nachthimmel ab und ich frage mich, warum mich Stryker so weit hier draußen treffen will.

Ich sehe auf meine Uhr und bin froh, dass ich sie und die Kette dabei habe.

Vor wenigen Minuten hat mir Jess einen lachenden Smiley geschickt, der mir symbolisiert, dass die Verbindung perfekt ist. Erst, wenn der Smiley anfängt traurig zu schauen, muss ich zusehen, dass ich meine Position verändere, denn dann stimmt etwas mit der Verbindung nicht.

Ein wütender Smiley zeigt mir an, dass ich schleunigst verschwinden und zurück ins Hauptquartier oder einer Adresse, die sie mir zukommen lassen, kommen soll.

Und ein Totenkopf, dass der Job beendet ist.

Doch bis dahin ist es noch ein langer Weg.

Ich lehne mich in meinem Sitz zurück und schaue aus dem Fenster.

»Wir haben es gleich geschafft«, lässt mich der Fahrer wissen und ich versehe ihn mit einem flüchtigen Lächeln.

Die Landschaft um uns herum wird immer hügeliger, dann ist die Straße vor uns auf einmal beleuchtet und ich erkenne links und rechts Grundstückszufahrten hinter schmiedeeisernen Toren und hohen Hecken.

Ein Villenviertel, von dem ich noch gar nichts wusste.

Kaum zu glauben, dass mich Stryker direkt zu sich nach Hause einlädt. Entweder hat er es nötiger, als ich dachte oder er hat andere Absichten.

Mich um die Ecke bringen und in den Hügeln verscharren, beispielsweise. Man hört doch immer häufiger davon, dass Prostituierte ermordet werden. Warum sollte das nicht auch für Stripperinnen gelten?

Ich beschließe, Jess eine Nachricht zu schicken. Nur zur Sicherheit.

Wie sieht es aus?

:-D

Allem Anschein nach haben sie mich immer noch auf dem Radar. Und wenn es brenzlig wird, ist Cyph innerhalb kürzester Zeit zur Stelle. Auch wenn ich weit und breit kein Auto in der näheren Umgebung gesehen habe.

Nicht, dass er so wütend ist, dass er mich hängen lässt.

Ich versuche, mich zu entspannen, sehe den Grundstücken dabei zu, wie sie größer und ausgedehnter werden und dann wird es wieder dunkler um uns herum. Nach wenigen Minuten befinden wir uns mitten in den Bergen.

»Da vorne ist es, gleich hinter der Kurve«, sagt der Fahrer.

Mir schwant nichts Gutes.

»Was ist dort? Ein Zeltlager für Schwererziehbare?«

Der Fahrer lacht höflich. »Nein. Das Restaurant, in das Mister Stryker Sie eingeladen hat. Es liegt etwas versteckt, aber dafür lohnt es sich.«

Ich bin immer noch skeptisch.

Aus dem Augenwinkel sehe ich ein Schild mit der Aufschrift »Ghost Lake« an uns vorbeihuschen. Das klingt ja einladend.

Ghost Lake

schicke ich an Jess.

Wissen wir längst. Entspann dich. Alles ist :-D

Wahrscheinlich sollte ich einfach tun, was sie sagt.

Der Chauffeur biegt um eine Kurve und tatsächlich wird es plötzlich wieder belebter. Ich sehe einen Parkplatz und dahinter Lichterketten, die über einen Steg führen, an dessen Ende ein ebenfalls mit Lichtern versehenes Boot auf einem See, vermutlich dem Ghost Lake, dümpelt. Es verfügt über mehrere Außendecks, auf denen ich Menschen an Tischen ausmachen kann.

Ich atme erleichtert auf.

Also doch kein Folterkeller in den Bergen.

»Da wären wir.« Der Fahrer hält direkt vor dem Steg und lächelt zu mir nach hinten. »Mister Stryker erwartet Sie bereits.« Mit einem Nicken deutet er nach vorne und tatsächlich mache ich dort Zac aus.

Er steht neben dem Steg am Seeufer und kommt auf unser Auto zu, als er uns entdeckt. Wie gestern Abend trägt er einen Anzug, der zweifellos maßangefertigt wurde. Der Stoff ist schwarz, genau wie das Hemd, das er darunter anhat.

Stryker öffnet mir die Tür, bedankt sich mit einem Nicken bei meinem Fahrer und hilft mir auszusteigen.

»Ich war mir nicht sicher, ob du kommen würdest, Elle.«

Er versieht mich mit einem Blick, der mir deutlich macht, dass das champagnerfarbene Kleid eine gute Wahl war. Der Rückenausschnitt ist verboten tief und dürfte genau nach seinem Geschmack sein. Mein blondes Haar habe ich hochgesteckt, damit es nichts verdeckt. Ich trage goldene Sandalen dazu, die ich privat niemals anziehen würde und an meinen Handgelenken klimpern Armreifen.

»Ganz schön weit draußen«, sage ich nur und sehe mich um.

Ich versuche, nicht allzu beeindruckt zu wirken, auch wenn mich die Umgebung in Wahrheit umhaut. Die Lichter des Restaurant-Bootes spiegeln sich hundertfach im See und glitzern mit dem Sternenhimmel um die Wette. Die Berge, deren Gipfel vom Mond beschienen werden, umgeben diesen Ort, als wollten sie ihn verstecken. Alles hier wirkt einfach magisch auf mich.

»Ich komme öfters her«, sagt Zac und lässt mich in Ruhe staunen. »Mein Haus ist nicht weit von hier und das *Eternal* der einzige belebte Ort in der Gegend.«

Ich wende mich Stryker zu. »Warum wohnst du nicht in Calgary?«

Irgendwie erwarte ich, dass er die gleichen Ansichten zu Calgary hat wie ich. Dass er ebenfalls am liebsten so weit es geht von der Stadt entfernt ist. Aber er enttäuscht mich.

»Das ist nicht so einfach. Alle Strykers leben hier draußen. Wir fahren nur für unsere Geschäfte in die Stadt.«

Ich erinnere mich daran, dass ich offiziell Elle bin – und die kennt Stryker und seine Geschäfte nicht. »Ein Geschäftsmann, also.« Damit drehe ich mich um und gehe auf das Restaurant zu.

Zac lacht hinter mir leise, dann folgt er mir und reicht mir den Arm. »Du hast es aber eilig.«

»Ich bin eine Stunde durchs Nichts gefahren. Ich habe Hunger.«

Zachary lächelt und führt mich auf das *Eternal* zu.

Ich hoffe, dass es nicht einer dieser Edelschuppen ist, in denen man Portionen bekommt, von denen nicht einmal Babys satt werden würden. Doch diesmal enttäuscht Zac mich nicht. Als hätte er meine Gedanken gelesen, sagt er: »Ich hoffe, du magst Italienisch. Die Pizza hier ist einmalig.«

Pizza. Das klingt himmlisch. Ich lächle reserviert und lasse mich von Zac nach drinnen führen.

Zachary

Ich bereue keine Sekunde, dass ich Elle hierher eingeladen habe. Ihr Lächeln ist bezaubernd und ihre Augen ziehen mich noch tiefer in ihren Bann, als sie es gestern schon getan haben. In ihrem Stripperinnen-Outfit war Elle extrem heiß, keine Frage. Doch in dem Kleid, das sie heute trägt, sieht sie so sexy und unnahbar aus, dass ich gar nicht zu genau hinschauen darf, wenn ich nicht schon wieder hart werden will.

Stattdessen konzentriere ich mich auf den Schwung ihrer vollen Lippen und das Strahlen in ihrem Blick.

Was ich vorhin gesagt habe, stimmt. Ich hätte nicht erwartet, dass sie kommt. Wie es aussieht, habe ich doch mehr Eindruck bei ihr hinterlassen, als sie zugeben möchte.

»Wieso bist du Tänzerin geworden?«, frage ich geradeheraus, nachdem wir gegessen haben. Mich interessiert, was eine Frau wie sie dazu veranlasst, sich vor wildfremden Männern auszuziehen. Sie wirkt nicht wie einer dieser Junkies, denen man in drittklassigen Table-Dance-Bars begegnet. Und auch nicht wie eine alleinerziehende Mom, die das Geld dringend braucht und ihren Körper zur Schau stellt, solange ihn noch jemand sehen will.

Elle nimmt einen Schluck von ihrem Cocktail, der kristallklar ist und in dem kleine Goldpartikel schwimmen. Dann fixiert sie mich aus ihren tiefblauen Augen und könnte mir in diesem Moment alles erzählen – ich würde ihr glauben.

»Ich war das Leben auf dem Dorf satt«, erklärt sie mir. »Wenn man mit fünf Geschwistern aufwächst, dann bleibt da nicht viel Platz für Luxus. Nicht einmal für ein eigenes Zimmer.« Sie lacht leise und sieht sich kurz um, bevor sie weiterspricht. »Meine Eltern sind ziemlich konservativ und ich bin ständig bei ihnen angeeckt. Irgendwann, ich war sechzehn, habe ich es nicht mehr ausgehalten und bin abgehauen.«

»Du hast mit sechzehn angefangen?« Ich bin überrascht. Ich schätze sie auf höchstens 25. Kaum zu glauben, dass sie bereits neun Jahre tanzt. Arbeiten bis spät in die Nacht, ständig in irgendwelchen verrauchten Clubs sein und sich begaffen lassen – ich hätte gedacht, dass so etwas mehr Spuren hinterlässt.

Elle nickt. »Ich habe nicht direkt im V.I.P.-Bereich angefangen. Da kommt man nicht ohne Weiteres rein. Aber kleine Bars, vor allem an den Highways, sind froh über jeden, den sie kriegen können. Die sehen auch schon mal darüber hinweg, dass du bei deiner Bewerbung leider keinen Ausweis dabei hast und dein Gehalt lieber bar kassierst.«

Ich verstehe. Elle hat eine typische Stripper-Karriere hinter sich. Ärmliches Elternhaus, Tanzen in billigen Absteigen ... Trotzdem hat sie sich eine Würde und Eleganz bewahrt, die mich sprachlos macht.

»Schockiert?«

Ich schüttle den Kopf. Nein. Ich mag das echte Leben. Und Elle ist zweifelsohne ein Teil davon. »Nur überrascht.«

»Von?«

»Deiner Erhabenheit.«

Elle lacht. »Das klingt, als sollte ich mich eigentlich lieber verstecken.«

»Das habe ich nicht gemeint. Du bist einfach unglaublich.«

»Danke.« Sie nippt wieder an ihrem Cocktail.

Habe ich sie gerade beleidigt?

»Versteh mich nicht falsch ...«

»Das tue ich nicht. Du meinst, man trifft nicht alle Tage eine Stripperin, die noch in den Spiegel schauen kann, obwohl sie jeden Abend alles von sich zeigt.«

Damit hat sie ins Schwarze getroffen, auch wenn ich es so niemals formuliert hätte.

»Du bist anders.«

»Vielleicht glaubst du das nur.«

»Nein, ich spüre das.«

»Was du spürst, nennt sich Verlangen und das spürt so ziemlich jeder Mann in meiner Gegenwart.«

Wie mache ich ihr klar, dass es nicht nur das ist? Elle ist mehr für mich als nur ein schöner Körper. Ich will Zeit mit ihr verbringen und hinter ihr Geheimnis kommen, das sie ganz sicher hat. Hinter ihrer abweisenden und beherrschten Fassade versteckt sie etwas, das merke ich.

»Du wirst sehen, dass es nicht nur das ist.«

»Dann wolltest du mich gestern Abend nicht für Sex bezahlen?« Sie hebt eine ihrer geschwungenen Brauen.

»Doch«, gebe ich zu. »Und das würde ich immer noch tun. Aber lieber wäre es mir, wenn du dich mir freiwillig hingibst. Nicht wegen des Geldes.«

Elle lacht wieder. Diesmal klingt es ein wenig abfällig. Sie glaubt mir offenbar kein Wort. Oder vielleicht findet sie meine Ehrlichkeit auch einfach nur unglaublich dreist.

»Ich schlafe nicht mit fremden Männern.«

»Eine Nonne also.«

»Nicht für Geld, meine ich. Ich bin Tänzerin.«

»Nicht für immer.«

»Wer weiß.« Sie nimmt ihren Cocktail und sieht den Goldpartikeln dabei zu, wie sie durchs Glas schweben.

»Ich wollte dich nicht beleidigen, Elle.«

»Denkst du, das könntest du?«

Ich sehe sie nachdenklich an. Nein. Ich glaube ehrlich gesagt nicht, dass ich es könnte. Dafür lässt sie mich viel zu wenig an sich heran. Sie gibt nichts preis, das man gegen sie verwenden oder mit dem man sie verletzen könnte.

»Nein«, sage ich und beschließe, selbst etwas offener zu sein. »Du hast mich gefragt, warum ich nicht Downtown wohne. Das liegt an meinem Vater. Jonathan Stryker.«

Lielle

Jetzt habe ich ihn. Er hat Blut geleckt, angebissen. Das wird mir in dem Moment klar, als er seinen Vater erwähnt, denn ich hatte in meinem Leben schon mit genug reichen Männern zu tun, um eines genau zu wissen: Wenn sie anfangen, ihre Daddy Issues zu enthüllen, beginnen sie, dir zu vertrauen.

Es wundert mich, dass das bei Zac Stryker so schnell geht, immerhin kennen wir uns kaum. Doch auf der anderen Seite fühle ich in seiner Gegenwart etwas, das mich selbst überrascht und das womöglich der Grund für seine Offenheit ist: Wir können gut miteinander reden. Wir sind auf einer Wellenlänge, keiner von uns ist dem anderen über- oder unterlegen, und das, obwohl er

Millionen besitzt und ich nur eine Stripperin bin. Zumindest glaubt er das.

»Deinem Vater?«, frage ich Zachary.

„Ja, er ist der Gründer von DayBreak“, erklärt er und lehnt sich zurück, wobei er sichtlich bemüht ist, entspannt zu wirken. Es gelingt ihm nicht. Das Thema scheint nicht leicht für ihn zu sein.

»Den Laden leite ich jetzt.«

»Welchen Laden?«, tue ich weiterhin so, als würde ich mich für sein Business nicht großartig interessieren.

»Na, DayBreak.« Er grinst.

»Die ganze Firma?« Ich achte darauf, dass ich weder überrascht noch sonderlich angetan klinge, weil ich glaube, dass es Zachary gefällt, eine Frau nicht mit seiner Macht und seinem Vermögen beeindrucken zu können. Eine leise Stimme in mir, vermutlich meine Menschenkenntnis, sagt mir, dass er sich nach etwas Echtem sehnt. Und ausgerechnet mit mir sitzt er hier. Kurz flammt etwas Ungewohntes in mir auf: ein schlechtes Gewissen. Vielleicht, weil ich insgeheim spüre, dass Zachary Stryker zwar verwöhnt und ein wenig großkotzig ist, aber kein Arschloch.

»Die ganze Firma«, bestätigt er. »Das ist eine große Verantwortung, die mein Vater einfach nicht aus der Hand geben will, auch wenn er nicht mehr der Boss ist. Einerseits verstehe ich das, da unser Geschäft riskant und innovativ ist. Wir entwickeln selbstfahrende Autos, die betrieben werden durch Solar-«

Cyph.

Auf einmal spüre ich ihn, ohne es genauer in Worte fassen zu können. Ich fühle einfach, dass er in der Nähe ist, und das lenkt mich ab. Mein Blick irrt wie von selbst umher, richtet sich auf die Tür. Wird er gleich reinkommen?

Ich hoffe, nicht. Ich hoffe, dass er mich einfach meinen Job machen lässt, ohne reinzugrätschen! Angespannt blicke ich auf den Eingang, aber niemand taucht auf, und nach ein paar Sekunden wird mir wieder bewusst, dass ich mit und wegen Zac hier bin.

Er scheint jedoch schon den Eindruck gewonnen zu haben, dass mich das Thema langweilt.

»Jedenfalls«, macht er es kurz, »ist mein Vater zugleich leider das größte Arschloch der Nation und solange mir die Firma nicht zu einhundert Prozent gehört, bin ich gezwungen zu tun, was er will.«

Zac zieht meine Aufmerksamkeit wieder auf sich. Seine flapsigen Worte, seine Ausdrucksweise, sein Tonfall – in irgendetwas davon finde ich mich selbst wieder.

Einen Menschen, der nicht dazu geboren ist, irgendjemandes Erwartungen zu erfüllen. Und damit hat er mich wieder.

»Das größte Arschloch der Nation«, wiederhole ich gedehnt und ein wenig amüsiert, aber nicht ohne einen Funken Zuneigung in mir.

»Na ja ...« Zachary zuckt mit den Schultern. »Da gibt es nichts zu beschönigen.«

»Und wegen ihm bist du gezwungen, hier draußen zu leben.«

»Es gibt Schlimmeres«, sagt er, aber an seinen Augen erkenne ich, dass das nicht stimmt. Ich glaube, die Einsamkeit bringt ihn um.

»Willst du es mir zeigen? Dein Haus?«, frage ich, ohne lange darüber nachzudenken. Erst im Nachhinein, als die Worte schon ausgesprochen sind, erinnere ich mich wieder daran, dass es ja zu meinem Job gehört, ihm näherzukommen.

Ganz genau. Er ist ein Job. Ich trichtere mir den Gedanken ein, hämmere ihn mir ins Hirn, um die Kontrolle zurückzugewinnen.

Und ich glaube, es wirkt, denn zumindest hellt sich Zacs Gesichtsausdruck wieder auf.

Zachary

Elle will, dass ich sie mit nach Hause nehme.

Ich bin verblüfft über ihren Vorstoß. Vielleicht hat sie es sich doch anders überlegt, jetzt wo sie weiß, wie vermögend ich bin. Möglicherweise hat sie sich ausgerechnet, dass sie ihre Schulden durch eine Nacht mit mir tilgen kann oder wie lange sie ihre Miete davon bezahlen könnte. Ich bin gespannt, welchen Preis sie mir nachher nennen wird. Und ob ich bereit bin, diesen Preis auch zu zahlen.

Oder geht es gar nicht um Sex?

Ich ertappe mich dabei, wie ich mir etwas anderes vorstelle. Eine Art von Beziehung zu einem anderen Menschen, die nicht auf Geben und Nehmen basiert und vor allem nicht von meinem Reichtum abhängt.

Vielleicht interessiert es sie ja wirklich, wie ich lebe.

Fast, aber nur fast muss ich über meinen eigenen dämlichen Gedanken lachen. Sie ist eine Stripperin! Es ist ihr Job, Männer glauben zu machen, dass sie sich für sie interessieren, dass sie sie nicht abstoßend finden würde. Dann bekommt sie von diesen Männern, was sie will: eine Menge Bares.

Das Einzige, was ich von dieser Frau erwarten kann, ist eine Nacht voller Vergnügen, und damit sollte ich mich zufrieden geben.

»Sehr gerne", sage ich daher. „Trink aus.«

Elle schüttelt den Kopf und steht auf. »Lass uns direkt gehen.«

Lielle

»Ist es das?«, frage ich, als der Fahrer, der mich auch schon in Calgary abgeholt hat, wenig später vor einem düster wirkenden Gebäude anhält. Mittlerweile habe ich mich wieder perfekt im Griff, trotz der seltsamen, plötzlichen Zuneigung für Zachary. Und obwohl ich überzeugt bin, dass Cyph in dem Restaurant in meiner Nähe war. Als hätte er gespürt, dass sich mein Fokus zu verschieben beginnt …

»Das ist es, ja.« Zac steigt aus und hilft mir wieder aus dem Wagen.

Ganz Gentleman.

»Mach's gut, Jeff, und grüß Summer von mir.«

Ich höre, wie Stryker sich von seinem Fahrer verabschiedet und nehme dabei das Haus in Augenschein.

Es ist ein altmodischer, prunkvoller Bau, der mit modernen Elementen versehen wurde. Ich erkenne ein gläsernes Schrägdach, bodentiefe verspiegelte Fenster und Lichtinstallationen, die die Fassade indirekt beleuchten.

Als der Fahrer fort ist und Zac neben mich tritt, sage ich: »Nicht schlecht. Und wo ist der Pool?«

»Einer im Keller und einer im Garten.«

Ich wollte eigentlich nur Interesse zeigen, aber vor meinem inneren Auge blitzen jetzt die Bilder von Cyph und Maria im Pool ihres Hauses auf. Ich schlucke, um den Knoten zu lösen, der sich in meiner Kehle zu bilden droht.

Zac legt einen Arm um meine Hüfte und führt mich drei marmorne Stufen zum Eingang hoch. »Ich zeig ihn dir, wenn du willst.«

»Keine Badesachen.«

Stryker drückt seinen Daumen auf eine schwarze Fläche neben der Tür und sie schwingt lautlos auf.

Was er für besonders sicher hält, ist für unsere Hacker ein Kinderspiel. Ein herkömmliches Schloss würde ihn vor uns *Bones* besser schützen.

»High-Tech«, sage ich.

Stryker seufzt. »Das Feld ist auf drei Personen programmiert. Außer mir kommen noch meine Schwester und mein Vater problemlos rein.«

Und Cyph, Jess, East, Terra und wahrscheinlich auch noch Cas, füge ich in Gedanken hinzu.

Ich betrachte Zac, dessen Miene eine Spur finsterer geworden ist. Er und sein Vater scheinen echte Probleme miteinander zu haben. Wie er über ihn redet, zeigt mir, dass bei ihnen einiges im Argen liegt.

Da kann ich ansetzen, sollte ich einmal nicht weiterkommen.

»Es gibt wirklich schlimmere Herbergen als dieses Haus.« Ich sehe mich um und bin überrascht über die Einrichtung. Wie das Gebäude selbst ist sie eine Mischung aus modernen und alten Möbeln und wirkt dennoch gemütlich. »Es ist wunderschön.«

Zac führt mich ins Wohnzimmer. »Wie wäre es mit einem Drink, Elle?«

Ich gehe ein paar Schritte rückwärts und sehe ihm genau in die Augen. Irgendwie spüre ich, dass jetzt genau der richtige Moment ist, um einen Schritt weiterzugehen. Auch weil es nicht klug wäre, bei einem Job allzu viel zu trinken. »Was ist die Alternative?«

»Die Alternative?« Zac kommt näher und ich bleibe stehen. Beobachte ihn, wie er auf mich zugeht, dicht vor mir stehen bleibt und eine Hand an meine Wange legt.

Diese Geste überrascht mich, weil sie so vertraut wirkt – oder vielmehr vertrauenswürdig. Die meisten reichen Männer, die ich im Laufe der Jahre kennengelernt habe, waren von einer abweisenden Aura umgeben. Aus Selbstschutz nehme ich an. Doch Zac scheint es nicht für nötig zu halten, sich vor irgendetwas zu schützen. Oder vor mir. Das war auch der Grund, aus dem ich entschieden habe, ihm meine echte Lebensgeschichte, statt der erfundenen zu erzählen. Er hat etwas so Echtes und Ehrliches an sich, dass mir klar war, dass ich mit der Story über den elften September sofort auffliegen würde. Sie war zu weit hergeholt.

»Mhm«, mache ich und ziehe ihn am Revers seines Jacketts so nah an mich, dass sich unsere Körper berühren.

»Die Alternative ist ...«

Zac beugt sich vor und ich schließe die Augen, um ihm zu signalisieren, dass ich bereit bin. Dabei habe ich keine Ahnung, ob ich das wirklich bin. Der letzte Mann, den ich geküsst habe, war Cyph. Und seine Küsse …

Spielen jetzt nicht die geringste Rolle. Konzentrier dich, Lielle.

Ich schmiege mich dichter an Zac, lasse es geschehen. Zuerst spüre ich seinen warmen Atem an meinem Mund, dann seine Lippen auf meinen. Und sie fühlen sich überraschend gut an.

Ein kleiner Stromstoß durchzuckt meinen Körper, gefolgt von einem heftigen Kribbeln, als sich Zacs Zunge in meinen Mund schiebt. Ich gewähre ihm Einlass, umspiele seine Zunge mit meiner und genieße es, wie seine Hände dabei meinen Körper erkunden. Sie fahren über die Rundungen meiner Hüften, hinauf zu meiner Taille, über meinen bloßen Rücken und daran hinab bis zu meinem Hintern.

Mir wird warm, als seine Finger meine Pobacken umschließen. Irgendwie geht mir das zu schnell, aber auf eine andere Art ist es auch genau richtig. Die letzten Hände, die mich so berührt haben, waren Cyphs. Ich denke an seinen festen Griff, an die Art und Weise, wie er mir signalisiert hat, dass ich ihm gehöre. Ich wollte nichts anderes als das. Doch jetzt ist es an der Zeit, mich davon reinzuwaschen. Stück für Stück.

Ich keuche in Zacs Mund, als seine Hände meine Pobacken massieren. Noch bewegen sich seine Finger über der dünnen Seide meines Kleides, aber irgendwie macht mich gerade das besonders an.

Zac vertieft unseren Kuss und zieht mich zeitgleich dichter an sich, sodass ich spüre, was in seiner Hose vor sich geht. Hart und pochend drückt sich seine Erektion gegen mich und ein Teil von mir will nichts anderes, als es geschehen zu lassen. Den Bann zu brechen.

Aber das hier ist ein Job. Und ich spiele immer noch eine Rolle, die mich für mehr als eine Nacht zu einem Teil von Zachary Strykers Leben machen muss. Wenn er mich jetzt kriegt, wird er mich morgen vielleicht schon nicht mehr wollen.

Als er gerade eine Hand von meinem Po löst, um den Reißverschluss meines Kleides zu öffnen, höre ich auf, ihn zu küssen und mache einen Schritt zurück.

»Was ist?«, fragt er atemlos.

»So leicht bin ich auch nicht zu haben«, erwidere ich und ringe kaum weniger nach Luft als er. Trotzdem küsse ich ihn nochmal kurz, ehe ich hinzufüge: »Nur weil ich Stripperin bin.«

»Vertrau mir«, gibt Zac zurück. »Du könntest auch Tierärztin sein und ich würde dasselbe tun.« Damit beugt er sich ein Stück hinunter und lässt seine Lippen über meinen Hals wandern.

Meine Selbstbeherrschung beginnt zu schwinden. Dort war ich schon immer besonders empfindlich. Cyph wusste das genau. Ich erinnere mich an seine Küsse, seine sanften Bisse ...

Dann schiebe ich Zac von mir. »Gut zu wissen, aber ich sagte, jetzt nicht.«

Zac mustert mich von oben bis unten. Er lässt sich von meiner bestimmten Art nicht verunsichern, was mir gefällt.

»Wann dann?«, fragt er mit einem angedeuteten Grinsen auf den Lippen, das umwerfend aussieht.

»Vielleicht nie«, gebe ich zurück, denn Männer, die für gewöhnlich nur mit dem Finger schnipsen müssen, um alles zu bekommen, was sie wollen, muss man zappeln lassen.

»Aus welchem Grund wolltest du dann zu mir nach Hause? Wenn nicht, um mit mir zu schlafen?«

Wieder überrascht mich Zacs Offenheit, ja, sie entwaffnet mich sogar fast. Aber was er kann, kann ich schon lange. »Aus Interesse. Und jetzt fahre ich am besten nach Hause. Rufst du mir ein Taxi oder leihst du mir nochmal deinen Chauffeur?«

Ich mache ein paar Schritte und sehe mich nach meiner Handtasche um, ehe ich realisiere, dass ich gar keine dabei habe. O Mann. Zacs Kuss hat mich doch etwas mehr aus dem Konzept gebracht, als ich mir eingestehen will.

»Elle.« Er fasst mich am Handgelenk und seine Berührung ist genauso angenehm wie vorhin in meinem Gesicht.

Ich drehe mich zu ihm um. Er hat einen Ausdruck in den Augen, der mir verrät, dass er mich nicht einfach so gehen lassen möchte. Gut möglich, dass er mir gleich Geld bietet, damit ich doch noch mit ihm schlafe. Irgendwie, stelle ich fest, würde mich das enttäuschen.

»Ich respektiere, wenn dir alles ein wenig zu schnell geht«, sagt Zac und zuckt mit den Schultern. »Dennoch habe ich eine Bitte.«

Okay, was kommt jetzt? Ein Blowjob und ich lasse dich gehen? Ich ziehe wortlos eine Braue in die Höhe.

»Übernachte bei mir«, fährt Zac fort.

Und damit nimmt er mir den Wind aus den Segeln. »Hier ... schlafen?«, frage ich.

Er nickt. »Es ist spät. Bis du wieder in Calgary wärst, wäre es mitten in der Nacht. Ich nehme an, dass du morgen früh nicht arbeiten musst, also kannst du auch hier bleiben.«

»Nur schlafen. Kein Sex«, hake ich nach, was Zac ein Grinsen entlockt, das wahrscheinlich schon so einige Höschen hat feucht werden lassen.

»Von mir aus natürlich auch gern beides.«

Ich lache leise und sehe mich um, überblicke das edle Interieur, die riesigen Fenster, den großen Garten mit Pool. Es gibt schlimmere Schlafplätze. Und sollte Zac sich doch noch als Serienmörder herausstellen, wären die *Bones* binnen Minuten hier, auch mitten in der Nacht, das weiß ich genau.

»Komm schon. Das Haus ist zu groß für mich allein. Und es kann nachts verdammt einsam werden.«

Zacs Ehrlichkeit verblüfft mich. Und sie gefällt mir. Es ist schön, wenn ein Mann einfach mal sagt, was er fühlt. »Dann soll ich also bei dir im Bett übernachten.«

Zac hebt die Hände. »Ich werde dich nicht anrühren, außer du bittest mich ausdrücklich darum.«

»Das werde ich nicht.«

Er lacht, es klingt ein wenig verblüfft. Ich schätze, so etwas ist er nicht gewöhnt. »Ist notiert«, gibt er zurück. Dann hält er mir die Hand hin.

Ich zögere, doch schließlich schiebe ich meine Finger in seine und folge ihm aus dem Wohnzimmer – aber nicht, ohne noch einen Blick aus dem Fenster zu werfen. Das Licht, das im Poolhaus brennt, ist mir nicht entgangen; so einsam kann es hier draußen also nicht sein. Wahrscheinlich will mich Zac einfach gern hier haben, und das ist gut. Es spielt mir in die Hände.

Kurz denke ich darüber nach, mich heute Nacht schon mal umzusehen. Dann jedoch beschließe ich, dass das warten kann, bis er mir vollkommen vertraut.

Sicher ist sicher.

Kapitel 3

‚I help you hate me‘

Zachary

Ich werde aus Elle einfach nicht schlau. Als sie gestern mit zu mir nach Hause wollte, war ich mir sicher, dass sie sich die Sache mit uns anders überlegt hat. Ich hätte nicht damit gerechnet, ein weiteres Mal abzublitzen. Doch allem Anschein nach hat Elle ihre Prinzipien, die besagen, dass sie zwar *bei* mir schlafen kann, aber nicht *mit* mir schlafen sollte.

Diese Frau bringt mich noch um den Verstand. Ihre undurchsichtige Art reizt mich und ich werde so schnell nicht aufgeben.

Deshalb bereite ich ihr gerade ein Frühstück zu. Ich koche Kaffee und stelle fest, dass ich viel zu wenig über sie weiß. Auch wenn ich gestern den ganzen Abend mit ihr verbracht habe, hat sie es dennoch geschafft, mir kaum etwas über sich zu erzählen.

Oben geht die Dusche an und ich stelle sie mir unwillkürlich unter dem heißen Wasserstrahl vor. Ihre Kurven sind der Wahnsinn. Ich muss daran denken, wie sie sich mir im Club präsentiert hat. Die Art, wie sie gestern mit mir umgegangen ist, war völlig anders. Weniger geschäftsmäßig.

Wer weiß, vielleicht war es nicht nur mein Geld, was sie dazu veranlasst hat, mit mir mitzukommen.

Ich bereite weiter das Frühstück vor und versuche, nicht an Elles Körper zu denken. Wenn ich sie gleich mit einer handfesten Erektion begrüße, kann das ein bisschen komisch rüberkommen.

Als sie nach einer gefühlten Stunde endlich nach unten kommt, bleibt mir die Luft weg. Eines muss man Elle lassen: Sie weiß wirklich, wie man Männer um den Finger wickelt. Sie hat sich mein Hemd von gestern übergeworfen, worauf wahrscheinlich so ziemlich jeder Kerl abfährt. Dazu trägt sie ihr Haar offen und gewellt.

Ich sehe ihr lächelnd entgegen. Ihre Miene ist ein ganzes Stück reservierter.

Sie schläft bei mir und tut dann trotzdem noch so, als wäre ich nur irgendein Fremder.

»Guten Morgen, Elle.«

»Guten Morgen.« Sie sieht sich um, schreitet dann langsam durch den offenen Raum auf die Küche zu. »Frühstück«, stellt sie fest und lässt sich am Tisch nieder.

»Kaffee?« Ich reiche ihr eine Tasse, was ihr ein Augenzwinkern entlockt.

»Du bist mein Held.«

»Hast du gut geschlafen?«

»Kaum.«

Damit habe ich jetzt nicht gerechnet. Doch ehe ich nachfragen kann, spricht sie schon weiter.

»Wer bei der Aussicht schläft, ist meiner Meinung nach nicht ganz bei Verstand.« Sie lässt offen, ob sie mich oder den Sternenhimmel meint. Ich bin mir sicher, dass sie ihre Worte mit Bedacht gewählt hat.

»So, so.« Ich hole Croissants aus dem Ofen und spüre dabei ihren Blick im Rücken. Sie sieht mich ständig an, wenn sie glaubt, ich bemerke es nicht.

»Du wolltest mir den Pool zeigen, Zachary.«

»Du wolltest ihn nicht sehen.«

»Nicht gestern.«

»Du hast gesagt, du hast keine Badesachen dabei.« Ich bringe die Croissants zum Tisch und setze mich.

»Habe ich auch nicht.« Elle lächelt vielsagend, schnappt sich ein Croissant und damit scheint das Thema für sie erledigt zu sein.

»Wenn du willst, fahren wir später in die Stadt und besorgen dir ein paar Klamotten. Ich muss vorher nur ein paar E-Mails schreiben, dann hätte ich Zeit.«

»Das hier ist nicht ‚Pretty Woman‘.«

Warum gebe ich ihr immerzu das Gefühl, dass sie für mich nicht mehr ist als eine Prostituierte?

Vielleicht, weil du die ganze Zeit hoffst, dass sie mit dir ins Bett geht, wenn du nur genug dafür bezahlst, antwortet eine brutal ehrliche Stimme in meinem Inneren.

Ich schüttle sie ab.

Es wird Zeit, meine Taktik zu ändern und Elle zu erobern.

»Fahr mich einfach nach Hause.«

»Jetzt?« Wenn sie zurückwill, werde ich sie nicht überreden, hierzubleiben. Aber ich kann ihr eins versprechen: Das wird nicht unser letztes Treffen gewesen sein.

»Nach dem Kaffee.«

»Und der Pool?«

»Der ist morgen sicher auch noch da.« Elle nimmt einen Schluck Kaffee und lächelt mich über den Rand hinweg an.

Ich werde aus ihr einfach nicht schlau.

Doch als ich gerade etwas erwidern will, geht die Haustür auf und Elles Lächeln erstirbt.

Lielle

Die Haustür wird geöffnet und ich habe mit vielem gerechnet: Zacs Ehefrau, von der wir *Bones* nichts wissen, weil er sie vor der Öffentlichkeit versteckt, einer Geliebten, seiner Putzfrau oder Mutter.

Mit allem hätte ich umgehen können. Aber nicht damit.

Zuerst tritt eine hübsche Brünette durch die Tür. Sie trägt ein weißes Kleidchen, das einem Tennisdress ähnelt, dazu mit glitzernden Steinchen besetzte Turnschuhe und eine weiße Gucci-Handtasche. Sie ist optisch das komplette Gegenteil von meinem wahren Ich, schießt es mir durch den Kopf, ehe mich ein zweiter Gedanke einnimmt.

Warum zur Hölle kann er mich nicht einfach in Ruhe lassen?

Hinter der Brünetten kommt nämlich Cyph durch die Tür und sieht so umwerfend aus, dass mir die Luft wegbleibt. Er trägt ein schwarzes Shirt mit V-Ausschnitt, das die Ansätze seiner Tattoos zeigt und seine breiten Schultern betont. Seine Haut ist leicht gebräunt und ich frage mich, wo er die letzten Tage verbracht hat. Seine Jeans sind etwas zerschlissen und seine Füße stecken in schwarzen, offen stehenden Boots. Ein Bartschatten umspielt seine Züge und lässt ihn verwegener denn je aussehen.

»Sophie«, sagte Zac und erhebt sich.

Die Brünette umarmt ihn kurz und streckt dann ihre perfekt manikürten Finger nach Cyph aus. Er ergreift ihre Hand und lächelt sie so liebevoll an, dass ich meinen Kaffee am liebsten quer über den Tisch spucken würde.

Dann legt er einen Arm um Sophies Taille und gibt Zac die andere Hand. »Ich bin Chris«, stellt er sich mit seinem echten Namen vor.

Für einen Moment fürchte ich, dass er nicht wegen des Jobs hier ist, sondern tatsächlich etwas an Sophie findet – warum sonst sollte er sich ihr mit Chris vorgestellt haben?

Dann wird mir klar, dass wir hier in Kanada sind und Cyphs neue Papiere nicht auf den Namen Chris Cyphers, sondern auf Cyph Christiansen laufen. Dass er seinen richtigen Vornamen benutzt, macht es nur einfacher.

»Freut mich, Chris. Ich bin Zachary. Sophies Bruder.« Zac schüttelt Cyphs Hand und mir fällt es schwer, die beiden zusammen zu sehen.

Die zwei Männer, die in meinem Leben gerade eine Rolle spielen. Wobei es einer von ihnen nicht mehr tun sollte. Ich sollte ihn schon vergessen haben, die Nächte, in denen er bei mir war, in mir, in denen es nur uns beide zu geben schien. In denen wir manchmal stundenlang dalagen, eng umschlungen, und alles um uns herum vergaßen.

Cyph war der erste Mann, mit dem ich nicht nur unfassbaren Sex hatte, sondern auch wirklich gute Gespräche führen konnte. Der erste Mann, der für mich mehr als ein Spielzeug, ein Mittel zum Zweck war. Er löste wunderbare und beängstigende Gefühle in mir aus.

Doch jetzt ist alles anders. Das Wunderbare ist verschwunden. Cyphs Auftritte reißen mich immer wieder aus meiner Rolle. Mein Herz beginnt zu rasen und ich kann keinen klaren Gedanken mehr fassen. Er gefährdet den ganzen Plan, wie konnte East das nur zulassen?

»Das ist Elle.« Zac legt mir eine Hand zwischen die Schulterblätter und ich räuspere mich, um etwas Zeit zu gewinnen.

»Hi«, sage ich schließlich und vermeide es, Cyph in die Augen zu sehen.

»Hallo, Elle«, begrüßt mich Sophie und zwinkert ihrem Bruder vielsagend zu.

»Elle also«, höre ich Cyphs Stimme auf einmal viel zu nah an meinem Ohr. Dann ergreift er meine Finger und schüttelt mir die Hand. »Schön, Sie kennenzulernen.«

Er lässt mich so schnell wieder los, dass seine Berührung rein gar nichts in mir auslöst. Dafür ist sie viel zu flüchtig. Aber das ist irgendwie schlimmer als alles andere.

Ich sehe auf, doch Cyphs Blick ruht schon nicht mehr auf mir. Er hat nur Augen für Sophie und mein Herz rast noch ein bisschen schneller.

»Wir wollen gar nicht lange stören. Wir haben noch etwas vor«, kichert Sophie.

Cyph zieht sie an sich, schlingt von hinten die Arme um sie und drückt ihr einen Kuss auf die Schläfe. Hat er das bei mir manchmal getan? War er mit mir so innig? Ich erinnere mich nicht daran.

»Ihr stört doch nicht, setzt euch.« Auch wenn sich Zac einerseits über den Besuch seiner Schwester zu freuen scheint, wirkt er andererseits, als wäre er lieber noch ein bisschen mit mir allein.

Mir geht es ebenso. Allerdings aus anderen Gründen. Ich kann Cyphs verliebtes Getue kaum ertragen.

Darum bin ich auch beinahe froh, als Sophie den Kopf schüttelt. Zumindest so lange, bis sie sich mit dem Rücken an Cyph schmiegt, als wäre er ihr Eigentum, nein, schlimmer, ihr Fels in der Brandung.

»Eigentlich wollte ich dich nur fragen, ob der Fahrerjob noch frei ist.«

»Fahrerjob?« Ich ahne nichts Gutes.

Zac seufzt, sieht mich an und erklärt: »Jeff hat morgen seinen letzten Tag. Summer ist jetzt im achten Monat und er will für sie da sein. Ich habe einige Bewerber, konnte mich aber noch zu keinem so richtig durchringen, weil in ihren Lebensläufen immer irgendetwas war, das mich gestört hat.«

Ich ahne, wer in den Lebensläufen der anderen Bewerber herumgepfuscht hat ...

»Ich hätte da jemanden für dich.« Sophie deutet auf Cyph, als würde sie ihrem Bruder gerade einen Hauptgewinn präsentieren. »Chris. Er hat Erfahrungen als Fahrer und –«

»Hattest du nicht etwas von selbstfahrenden Autos gesagt?«, platze ich dazwischen.

Meine Stimme klingt ein bisschen heiser und alle sehen mich irritiert an. Das ist mir egal. Ich kann nicht zulassen, dass Cyph ab jetzt ständig um Zac und mich herum ist. Er soll sich gefälligst im Hintergrund halten.

Zac lächelt, wahrscheinlich freut er sich, dass ich ihm doch zugehört habe, als er beim Essen über die Geschäfte geredet hat. »Das Paradoxe ist, dass wir zwar selbstfahrende Autos entwickeln, aber bisher keins für die Straße zugelassen wurde.«

»Dann ist Chris genau der Richtige für dich«, beharrt Sophie und ich würde ihr am liebsten das Maul stopfen.

Nun wendet Zac sich Cyph zu und mustert ihn. »Was hebt Sie denn von den anderen Bewerbern ab?«

»Haben Sie einen Privatjet?«

Und als Zac nickt, weiß ich, dass Cyph gewonnen hat. »Das trifft sich gut. Ich habe einen Pilotenschein.«

Cyph

Dieses verdammte Miststück.

Während ich vorgebe, Sophie dabei zuzusehen, wie sie ein paar Runden in Strykers Pool dreht, gehen mir die Bilder von heute Morgen nicht aus dem Kopf.

Ich habe nicht damit gerechnet, dass Lielle am Küchentisch sitzen würde – mit nichts außer Strykers Hemd am Körper. Dass die beiden es miteinander getrieben haben, stand Stryker deutlich ins Gesicht geschrieben. Der Penner fährt ernsthaft auf sie ab und ich musste mich zusammenreißen, um ihm sein siegessicheres Grinsen nicht aus der Visage zu prügeln. Keine Ahnung, ob ich irgendwann in meinem Leben schon mal so viel Selbstbeherrschung aufgebracht habe.

Wenigstens hat er mir den Job gegeben, sodass ich Lielle tagein, tagaus bewachen kann: Wenn ich nicht gerade den Chauffeur für diesen Schnösel spiele, ist da immer noch Sophie, die ich geschickt dazu gebracht habe, ins Gästehaus ihres Bruders zu ziehen, solange sie in Calgary ist. Sie ist extra zum Release von DayBreaks neuem Superwagen angereist und wird darüber hinaus noch ein paar Tage länger bleiben.

Genug Zeit, um diesen Job über die Bühne zu bringen. Auch wenn ich mich langsam frage, weshalb ich mich überhaupt so darum gerissen habe. Was bringt es mir, Lielle dabei zuzusehen, wie sie sich diesem Arsch an den Hals wirft, nachdem sie mich abserviert hat?

Mach dir nichts vor, sage ich mir selbst.

Ja, sie ist ein Miststück. Aber ich kann trotzdem nicht riskieren, dass ihr etwas passiert. Das würde ich mir nie verzeihen. Also werde ich diesen Job zu Ende bringen.

Wenn ich es schaffe, Stryker bis dahin nicht den Hals umzudrehen.

Ich sehe zu seinem Haus hinüber, doch dank der verspiegelten Fenster kann ich nicht erkennen, was die beiden im Innern tun. Aber ich kann es mir denken, kann Lielle beinahe sehen, wie sie sich stöhnend unter diesem Kerl windet.

Wut steigt in mir auf und ich wende mich wieder Sophie zu, um mich abzulenken. Sie hat den Körper einer Athletin. Schlank, beinahe sehnig und ohne Kurven an den richtigen Stellen. Soweit ich weiß, ist sie eine absolute Sportfanatikerin und dermaßen diszipliniert, dass es schon nervt.

In den letzten Tagen hat sie nicht einmal nach 18 Uhr etwas gegessen, geschweige denn etwas anderes als Wasser getrunken. Doch sie weiß ihren sportlichen Körper auf eine Art einzusetzen, die mich über ihren muskulösen Po und die kleinen Brüste hinwegsehen lässt.

Sophie ist auf ihre Art scharf. Das werde ich ausnutzen, solange diese Sache hier läuft. Und danach konzentriere ich mich wieder auf lose Affären, so wie ich es immer getan habe. Es war dumm von mir, Gefühle zu investieren, doch das wird mir kein weiteres Mal passieren. Bei klarem Verstand zu bleiben war immer eines meiner Prinzipien, aber Lielle war wie eine Droge für mich. Es fühlte sich perfekt an, solange der Rausch anhielt. Und danach brach einfach alles in sich zusammen.

»Chris!« Sophie ist zum Poolrand geschwommen und sieht zu mir. »Komm endlich rein.«

Nach der Nummer mit Maria im Wasser und Lielles Reaktion darauf ist mir jegliche Lust auf Sex im Pool vergangen. Also schüttle ich den Kopf und sehe zum Haus hinüber.

»Die beiden sind längst weg«, sagt Sophie, die meinen Blick offenbar falsch deutet.

Sie sind längst weg? Warum weiß ich nichts davon?

Ich sehe auf meine Smartwatch und stelle fest, dass Lielle nach wie vor im Haus geortet wird.

Dieses Biest hat anscheinend ihre eigene Uhr und die Kette mit dem Peilsender bei Stryker gelassen.

Das darf doch nicht wahr sein!

Lielle

Kaum habe ich die Tür zum Apartment aufgeschlossen, wird mir mein Fehler bewusst. Ich habe die Kette und die Uhr in Zacs Badezimmer liegen lassen!

»O nein, Scheiße ...« Ich lehne meinen Rücken gegen die Wohnungstür und lasse mich daran hinuntersinken.

So etwas ist mir noch nie passiert!

Eigentlich beherrsche ich meinen Job, in andere Rollen zu schlüpfen, Männer zu verführen und für die *Black Bones* alle wichtigen Informationen zu beschaffen, perfekt. Doch Cyph und Zachary in Kombination bringen mich aus dem Konzept. Dem einen muss ich um jeden Preis gefallen, aber dabei will ich vor dem anderen unbedingt mein Gesicht wahren. Ein Drahtseilakt, bei dem ich bereits zweimal gestolpert bin.

Was mache ich denn jetzt?

Zac will mich am Abend wiedertreffen. DayBreak Motors präsentiert heute sein neuestes Modell, den Wagen, auf den wir es abgesehen haben, und er möchte mich dafür an seiner Seite haben. Etwas Besseres kann mir nicht passieren, doch um die Veranstaltung nutzen zu können, brauche ich die Uhr. Zac wird Augen machen, wenn ich keine Stunde, nachdem er mich hier abgesetzt hat, wieder bei ihm auf der Matte stehe.

Ich muss mir etwas Gutes einfallen lassen, um nicht wie eine Klette zu wirken.

Vielleicht sollte ich ihn einfach anrufen und ihn bitten, mir meine Sachen mitzubringen. Da gibt es nur zwei Probleme: Erstens habe ich offiziell gar nicht seine Nummer und zweitens möchte ich ihn nicht auf die Smartwatch aufmerksam machen. Wenn ich Glück habe, hat er eines seiner anderen Badezimmer benutzt und noch gar nicht bemerkt, dass ich sie liegengelassen habe. Die wichtigsten Infos sind zwar verschlüsselt und die Nachrichten löschen sich nach einer Stunde von selbst, trotzdem will ich kein Risiko eingehen.

Also bleibt mir nur eins.

Ich rufe mir ein Taxi und ziehe mich schnell um, da ich wieder das Abendkleid vom Vortag trage.

Dann breche ich auf.

Lielle

Ich habe dreimal geklingelt, doch das große Tor, das die Straße vom Grundstück trennt, hat sich weder geöffnet, noch hat sich Zac über die Sprechanlage gemeldet. Irgendetwas hat er vorhin, als er mich nach Hause gebracht hat, von seinem Büro erzählt, aber ich war mit den Gedanken noch so bei Cyph und Sophie, dass ich nicht richtig zugehört habe.

Jetzt stehe ich hier und fühle mich unschön an den Tag erinnert, als ich mir Zutritt zu Maria Sanchez' Garten verschafft habe.

Resigniert hole ich mein Handy raus und bitte Jess um Hilfe.

»Wie hast du es geschafft, dich aus Strykers Haus auszusperren?« Sie wirkt amüsiert.

Ich bringe nur ein müdes Grinsen zustande. »Lange Geschichte.«

»Die Kurzfassung?«

»Cyph ist hier und macht auf glückliches Paar mit Zacs Schwester.«

Jess stößt einen Pfiff aus. »Er lässt auch nichts anbrennen, was?«

»Leider nicht. Kannst du das Tor öffnen, solange Zac noch unterwegs ist?«

»Kein Problem.«

»Ich fürchte, ein Problem gibt es da doch: Die Smartwatch ist im Haus und ich bin hier draußen.«

Jess sagt einen Moment nichts, wahrscheinlich überlegt sie, ob sie mir Vorhaltungen machen soll, weil ich die Uhr liegen gelassen habe oder ob es doch eher Cyphs Schuld ist, weil er mich derart durcheinanderbringt. Aber anstatt, dass sie etwas in die Richtung andeutet, höre ich Jess tippen, dann sagt sie: »Wie ich gerade sehe, hat Cyph vor 83 Minuten Strykers Sicherheitssystem gehackt. Das bedeutet, dass ich von hier aus ab sofort jederzeit Zugriff auf das ganze Haus habe.«

Ich atme auf. »Das sind gute Neuigkeiten!«

»Er hat außerdem seinen und deinen Fingerabdruck eingespeist, also kannst du jederzeit problemlos rein- und rausmarschieren.«

»Tausend Dank, Süße!« Ich lege auf und sehe zum Tor hinüber.

Ich hoffe, dass Zachary wirklich fort ist, denn ich werde ihm kaum erklären können, wieso und wie ich sein tolles Sicherheitssystem umgangen habe.

Zeit, die Sache hinter mich zu bringen.

Ich straffe die Schultern und steuere auf das Tor zu.

Keine fünf Minuten später bin ich im Haus. Meine Sachen habe ich bereits gefunden und könnte eigentlich wieder gehen. Doch da ist etwas, das mir keine Ruhe lässt. Cyph und Sophie. Was treiben sie? Sind sie noch hier?

Ehe ich verschwinde, mache ich einen Abstecher ins Wohnzimmer, von dem aus man das Poolhaus und den Garten sehen kann. Ich nähere mich dem Fenster – und erstarre.

Das darf doch nicht wahr sein.

Ich wünschte, es wäre nicht so einfach gewesen, in Zacs Haus zu gelangen. Dann wäre mir dieser Anblick vielleicht erspart geblieben.

Nun stehe ich hier, hinter der verspiegelten Panoramascheibe, und sehe fassungslos hinunter zum Pool.

Sophie räkelt sich in einem knappen Bikinioberteil auf dem Beckenrand und hat den Kopf in den Nacken gelegt. Cyph befindet sich vor ihr im Wasser, die muskulösen Arme auf dem Rand abgestützt, das Gesicht zwischen ihren Beinen vergraben.

Anscheinend ist es zu seinem neuen Hobby geworden, vor meinen Augen mit anderen Frauen im Pool herumzumachen.

»Schlag dir den Mistkerl aus dem Kopf«, zische ich mir selbst zu.

Als hätte er mich gehört, blickt Cyph in diesem Moment auf und zum Haus hinüber. Er scheint mich direkt anzusehen, obwohl er nicht wissen kann, dass ich hier stehe.

Vielleicht spürt er es. Instinktiv.

Ich funkle ihn hasserfüllt durch die Scheibe an, doch er reagiert natürlich nicht darauf. Nach einem Augenblick widmet er sich wieder Sophie, legt eine Hand auf ihren Bauch und ...

Hastig wende ich mich ab.

Das muss ich mir nicht weiter ansehen.

Cyph

»Ich hole uns was zu trinken.«

Sophie blinzelt von ihrer Liege aus müde zu mir herüber.

»Bleib liegen.« Ich stehe auf, drücke ihr einen Kuss auf die Schulter und steuere das Gästehaus an.

Je öfter ich mich auf Strykers Grundstück allein bewegen kann, desto besser. Nachdem ich gemerkt habe, dass Lielle ihre Smartwatch im Haus gelassen hat, habe ich mir unter einem Vorwand Sophies Laptop ausgeliehen und das Sicherheitssystem gehackt. Ich war mir nicht sicher, ob Lielle ihr Fehler extra unterlaufen ist oder ob es ein Versehen war. Für den Fall, dass es nicht ihre Absicht war, brauchte sie einen Weg, um unbemerkt zurück aufs Grundstück zu gelangen. Ich hoffe, ich habe ihn ihr damit ermöglicht. Gut, dass East als mein bester Kumpel mir die Möglichkeit eingeräumt hat, sie bei dem Job im Auge zu behalten. Und das ohne große Diskussionen mit Lielle oder den anderen. Er ist ein wahrer Freund.

Ich ertappe mich dabei, wie ich mich suchend umsehe. Als würde Lielle gleich aus den Büschen gesprungen kommen.

Aber natürlich tut sie das nicht.

Wahrscheinlich sollte ich froh darüber sein, dass sie die Nummer im Pool nicht zu sehen bekommen hat. In Wahrheit jedoch würde ich es ihr wünschen. Ich frage mich, was mit den Frauen los ist. Wasser scheint eine besondere Wirkung auf sie zu haben. So stark, dass Sophie alle Hemmungen fallen gelassen hat, obwohl ihr Bruder jeden Moment hätte zurückkommen können.

Ich steuere auf das Gästehaus zu, das eine kleinere Version von Strykers Villa darstellt.

Überall Glas und hochmoderne Elektronik.

Wenn dieser Mistkerl noch einmal an Lielle rumfummelt, habe ich alle Möglichkeiten, ihm eine Abreibung zu verpassen. Kochend heißes Wasser in der Dusche, eine Live-Übertragung aus seinem Schlafzimmer an seine Geschäftspartner oder eine ungewollte Open-House-Party.

Sobald du Zugriff auf die elektronischen Geräte eines Menschen hast, kannst du ihn terrorisieren und sein Leben zerstören.

Ich denke an Easts Worte, als er mich gewarnt hat, einen kühlen Kopf zu bewahren und betrete die Küche.

Dann geht alles ganz schnell.

Eine Hand packt mich am Hals und drückt mich gegen die Küchenzeile.

Lielle. Mein Gefühl hat mich nicht getrogen. Sie hat sich doch durch die Büsche hier hereingeschlichen.

Ihre Nägel graben sich in meine Haut und ihr Blick sprüht Funken.

»Du verdammter Idiot«, zischt sie und ich kann nicht anders, als auf ihre vollen, roten Lippen zu starren. »Wir können uns nicht beide bei den Strykers einschleichen!«

Ich löse ihre Hand ein Stück weit von meiner Kehle, sodass ich ihr antworten kann. »Ich covere dich.«

»Man covert jemanden aber normalerweise aus der Ferne!«

»So ist es leichter.«

»Ist das alles, was für dich zählt? Dass es leichter ist?«

Ihre Worte machen mich noch wütender, als ich ohnehin schon bin. Was bildet sie sich eigentlich ein? Wer hat denn den Schwanz eingezogen, als es ernst wurde?

Mühelos löse ich ihre Hand vollends von meinem Hals und betrachte sie abschätzig. »Sei besser froh, dass ich hier bin, sonst hättest du es nämlich heute schon versaut. Einfach deine Ausrüstung liegenzulassen, sieht dir gar nicht ähnlich. Was ist los, *Elle*, hat er dir schon den Verstand aus dem Kopf gevögelt?«

Die Ohrfeige hätte ich kommen sehen müssen. Trotzdem bin ich im ersten Moment so verblüfft, dass ich nicht weiterrede.

Doch die blanke Wut in Lielles Augen verrät mir, dass sie ohnehin weiß, was ich sagen wollte.

»Es geht nicht immer nur um Sex, du hormongesteuerter Scheißtyp!«, fährt sie mich an.

Fast, aber nur fast, muss ich lachen. Komisch nur, dass zwischen uns alles in Ordnung war, solange es bloß ein Sexding war. Dass sie so eine Heuchlerin ist, hätte ich nicht erwartet.

»Hoffentlich denkst du daran, wenn dir Stryker das nächste Mal das Hirn vernebelt.« Ich packe ihre Kette, ziehe sie daran ein Stück näher zu mir und halte ihr den Anhänger vors Gesicht. »Die hast du von jetzt an immer dabei, haben wir uns verstanden? Ist mir egal, was du von dem Kerl hältst, aber ich traue ihm nicht. Und ich habe keine Lust, dass er uns den Job versaut!«

Lielle sieht mich einen Moment lang nur stumm an, dann nickt sie. »Den Job. Alles klar, Cyph.«

Damit reißt sie sich los und stürmt aus der Küche.

Ich blicke ihr nach, bis sie die Haustür hinter sich zugeknallt hat. Dann wende ich mich der Küchenzeile zu, um die Martinis für Sophie und mich zu machen. Lielles Ohrfeige kribbelt noch auf meiner Wange und ihr wütender Blick scheint sich in mich eingebrannt zu haben, so deutlich kann ich ihn spüren.

Scheiß auf sie, sage ich mir und kippe den ersten Martini gleich im Alleingang hinunter.

Ich werde jetzt diesen Job mit ihr erledigen und dann
werde ich sie so weit wie möglich aus meinem Leben
streichen. Es ist ja nicht so, dass sie die einzige Frau auf
der Welt wäre.

Lielle

Ich starre aus dem Fenster der Limousine und gestatte
mir ein paar letzte, klärende Gedanken, bevor ich mich
gleich voll und ganz auf Zac konzentrieren muss.

Das Zusammentreffen mit Cyph hat wehgetan. Die
Dinge, die er zu mir gesagt hat, waren verdammt nochmal nicht fair. Es lief bisher rein gar nichts zwischen
Zac und mir, und selbst wenn, dann geht es ihn nicht
das Geringste an. In den letzten Tagen hat er mir deutlich gezeigt, was ich für ihn war. Ein beliebiger Körper,
an dem er sich austoben konnte.

Als ich ihm vor fast drei Wochen eine Abfuhr erteilt
habe, erschien es mir das Richtige zu sein. Es war so
leicht, die Worte auszusprechen. Viel leichter, als weiter in die andere Richtung zu gehen. Als zuzulassen,
dass zwischen uns etwas entsteht, das doch niemals ge-
halten hätte. Und dann hat er sich als Arschloch ent-
puppt. Ich sollte einfach nur zornig sein, doch stattdessen herrscht in meinem Kopf ein Durcheinander aus
Wut, Scham, Demütigung und Traurigkeit. Vor allem
jedoch Demütigung. Darüber, dass Cyph mir meinen
Job nicht zutraut. Dass er glaubt, es wäre Zac Stryker

gewesen, an den ich dachte, als ich meine Sachen vergessen habe.

Als wäre ich die Schlampe von uns beiden.

»Wir sind bald da«, sagt Jeffrey.

Ich bin froh, dass er heute Abend noch mal mein Chauffeur ist, denn die Fahrt ist wichtig für mich, um nachzudenken und einen Schlussstrich unter das Thema Cyph zu ziehen, diesmal endgültig. Ich muss zugeben, dass mich sein Auftauchen und sein Geturtel mit Sophie aus dem Konzept gebracht haben. Aber damit ist jetzt Schluss.

Ich werde mich auf den Auftrag konzentrieren und von Cyph nicht provozieren lassen.

Insgeheim ist mir klar, dass wir beide sowieso nie zusammengepasst haben. Wahrscheinlich ist es so oder so schwer, in unserem Job eine Beziehung zu haben. Sowohl Cyph als auch ich sind immer wieder dazu gezwungen, mit unseren Zielpersonen zu flirten, sie zu küssen und noch mehr. Auf Dauer ist sowas der Killer für jede Beziehung.

Ich ordne meine Frisur und werfe von der Rückbank aus einen Blick in Jeffreys Spiegel. Mein Make-up ist tadellos, meine Haare sind hochgesteckt und ich trage goldene Ohrringe, die mir bis auf die Schultern reichen.

Zac wird begeistert sein.

Wir biegen ab und anders als erwartet hält Jeffrey vor einem hohen Bürogebäude in der Innenstadt.

»Hier ist die Präsentation?«, frage ich und sehe mich um.

Auf dem Parkplatz steht eine zweite Limousine, die genauso aussieht wie die, in der ich sitze.

»Mister Stryker möchte mit Ihnen gemeinsam zu dem Event fahren. Er hatte nur vorher noch etwas im Büro zu erledigen.«

»Verstehe.«

Zac steigt aus dem zweiten Wagen und kommt zu unserem herüber. Heute ist sein Anzug nachtblau mit schwarzen Nähten, das Hemd, das er darunter trägt, ist weiß und die Krawatte ebenfalls schwarz. Auch wenn er ein bisschen in Eile wirkt, lächelt er, als er mir die Tür aufhält.

Zac nimmt meine beiden Hände und hilft mir aussteigen. Er betrachtet mich, dann haucht er mir einen Kuss auf den Hals. »Du siehst wundervoll aus.«

»Danke.« Ich erwidere sein Lächeln und lasse mich von ihm zu der anderen Limousine hinüberführen. »Bist du nervös?«

»Nein. Ich weiß, dass die Leute den Wagen lieben werden. Trotzdem sind solche Präsentationen nicht gerade meine liebste Beschäftigung.«

Er bleibt vor der Limousine stehen und betrachtet mich noch einmal.

»Dass du zugesagt hast, entschädigt mich für einiges.«

»Wir sind spät dran«, ertönt es aus dem Wagen und ich erkenne Cyphs dunkle Stimme sofort.

»Der neue Fahrer nimmt es sehr genau.« Zac lacht leise und hilft mir beim Einsteigen.

»Guten Abend«, sage ich förmlich an Cyph gewandt, der in einer Chauffeuruniform am Steuer sitzt.

Er salutiert, dann lächelt er, was mich wundert. Er lächelt so selten, dass man ihn zwangsweise anstarrt, wenn er es doch mal tut. Es war dieses Lächeln, das mich zuerst an ihm gefesselt hat.

Doch auf den zweiten Blick erkenne ich, dass seine Augen anders als damals vollkommen kalt bleiben.

Klar, er spielt nur seine Rolle.

»Tolles Kleid«, sagt er mit einer Gleichgültigkeit in der Stimme, die mich rasend macht. So ist Cyph. Er war schon immer klug und gerissen. Nach einer Szene wie heute Mittag wäre jeder andere Mann vielleicht wütend oder würde mich mit Missachtung strafen. Cyph hingegen zeigt mir einfach nur in aller Deutlichkeit, wie egal ich ihm bin.

»Das Kleid steht dir übrigens wirklich fantastisch«, sagt Zac und steigt neben mir ein.

Ich lege ihm eine Hand aufs Bein, die er ergreift, als wären wir viel vertrauter, als wir eigentlich sind. Dann blicke ich an mir hinunter.

Das schwarze Cocktailkleid ist zur Abwechslung mal nach meinem Geschmack. Die Ärmel, das Dekolleté und der Rücken bestehen aus schwarzer Spitze, die ab dort einen fließenden Übergang zu dem glänzenden Seidenstoff bildet. Die Lacksandaletten, die ich dazu trage, passen perfekt zu dem schmalen Gürtel um meine Hüfte. Nur der Goldschmuck gefällt mir nicht so ganz. Ich mag Silber lieber.

»Danke«, sage ich.

Zac drückt meine Finger und ich lächle ihn an.

Den Rest der Fahrt über ignoriere ich Cyph, konzentriere mich auf Zac und höre wie gebannt zu, als er mir erklärt, wer alles gleich da sein wird, um sein neuestes Modell zu bewundern.

Als wir jedoch aussteigen und uns dem Luxus-Autohaus nähern, in dem das Event gleich stattfinden soll, löse ich mich von Zac und gehe unter einem Vorwand nochmal zurück zu Cyph.

Er ist ebenfalls ausgestiegen, lehnt in dem schlichten grauen Anzug, der ab heute seine Arbeitskleidung darstellt, an der Limousine und sieht mir ausdruckslos entgegen. Sein Hemd steht einen oder zwei Knöpfe zu weit offen. Ich kann seine breite Brust erahnen und erinnere mich viel zu genau daran, wie es sich angefühlt hat, meinen Kopf dort abzulegen und in seiner Umarmung einzuschlafen.

»Mein Handy«, sage ich kühl und hole es von der Rückbank.

Dann, als ich mich wieder aufrichte, zische ich: »Hör mir gut zu. Ich will von dir keine geheuchelten Komplimente mehr hören und keine verächtlichen Blicke mehr sehen. Du hast dich in diesen Auftrag gedrängt, also leb jetzt damit, dass ich meinen Job mache. Und wenn ich mich dafür flachlegen lassen muss, dann werde ich das tun. Und wahrscheinlich werde ich es sogar genießen, weil Zachary Stryker im Gegensatz zu dir weiß, wie man eine Frau behandelt.«

»Ach, tut er das?« Cyph sieht hinüber zu Zac, der an der Tür auf mich wartet, und sein gelassener Gesichtsausdruck steht in scharfem Kontrast zu seinen Worten. »Hätte ich gewusst, dass du einen Mann willst, der dir Dollarnoten ins Höschen steckt und dich mit einer Lackaffenparty wie dieser hier zu beeindrucken versucht, dann hätte ich ...«

»Dann hättest du was?«, frage ich mit einem reservierten Lächeln, damit Zac denkt, wir würden nur Smalltalk betreiben. »So getan, als wärst du kein Prolet, der aus den Slums von Detroit kommt?«

Ich weiß, dass ihn diese Worte treffen. Das sollen sie auch. Schließlich hat er mich ebenfalls verletzt.

In Wahrheit ist Cyph alles andere als ein Prolet. Zwar stammt er aus einem schäbigen Viertel und einer Familie, die man kaum als solche bezeichnen kann. Aber er hat sich schon vor vielen Jahren aus diesem Elend gekämpft und man merkt oder sieht ihm nichts davon an. Trotzdem ist seine Herkunft ein wunder Punkt für ihn.

Doch anstatt sich etwas anmerken zu lassen, erwidert er: »Nein. Ich hätte die Finger von dir gelassen. Denn ich steh nicht auf käufliche Frauen.«

Ungläubig sehe ich ihn an. Okay, das ging richtig unter die Gürtellinie. Er kennt meine Geschichte, so wie ich seine kenne. Ich habe sie ihm erzählt. Er weiß, wann ich in meinem Leben zuletzt als *Nutte* bezeichnet worden bin. Mit 16. Von meinen Eltern. Weil ich meine Unschuld an einen Nachbarsjungen verloren hatte. Er weiß, wie sehr mich das damals verletzt hat – so sehr, dass ich gegangen bin und bis heute kein Wort mehr mit ihnen spreche.

Ich spüre, wie in meinem Inneren etwas in Scherben zerfällt, vielleicht ein letzter Rest meiner Hoffnung darauf, dass wir irgendwann wieder normal miteinander umgehen können. Ich fürchte, wenn man die Dinge, die man einander im Vertrauen erzählt hat, gegeneinander zu verwenden beginnt, ist man ganz unten angekommen.

Ich nicke und erwidere, so beherrscht ich kann: »Schön, dass das geklärt ist.«

Dann mache ich auf dem Absatz kehrt und verschwinde. Und was immer ich für Cyph empfunden habe, verschwindet ebenfalls.

Es wird einfach begraben unter einer Lawine aus Enttäuschung, Fassungslosigkeit und Zorn.

Kapitel 4

‚Another heart calls'

Lielle

Wut war schon immer ein starker Antrieb. Und Cyphs Worte haben mich wütend gemacht. Sie haben mir endgültig gezeigt, wie dämlich ich war und dass meine Entscheidung die einzig richtige war. Der Zorn auf ihn überschattet die Traurigkeit, die in den letzten Tagen alles überlagert hat und ich fühle mich schlagartig besser.

Befreit.

Ich bin bereit, mich voll und ganz auf Zac einzulassen. Ohne an Cyph zu denken. Ohne ein schlechtes Gewissen zu haben.

Langsam schlendere ich an den zahlreichen Gästen vorbei, ein Champagnerglas in der Hand, und schaue mich suchend nach Zac um.

Die meisten Menschen stehen um den Ausstellungswagen herum, schießen Fotos oder betrachten ihn mit fachmännischem Blick. Ich kann nur einen kurzen

Blick auf den DBM SolarStorm werfen, doch was ich sehe, genügt mir. Es handelt sich um ein schnittiges Modell, so schwarz, dass es jedes bisschen Licht zu verschlucken scheint. Einzig das Emblem, das aus drei einfallenden Strahlen besteht, die Zierleisten und der Kühlergrill heben sich ab. Sie sind nicht chromfarben, wie es bei Autos normalerweise üblich ist, sondern in einem Metallicton lackiert, der aussieht wie glühende Lava. Die Farbe passt perfekt zum Namen.

SolarStorm. Sonnensturm.

Ich kann förmlich vor mir sehen, wie der Wagen durch die Nacht flitzt. So schnell, dass man nur noch das rot-orange leuchtende Metall sehen kann. Mir gefällt das Auto auf Anhieb.

Wenn ich nur näher heronkäme, um den Chip zu platzieren, der an der Unterseite meiner Smartwatch steckt. Um den Wagen stehlen zu können, müssen wir uns ins System einhacken und das geht nur, wenn ich den Mikrochip an den Bordcomputer anschließe. East und Jess haben mir genau erklärt, wie ich das machen muss und ich habe es an einer Attrappe mehrfach geübt. Es sind drei kleine Handgriffe, eine Arbeit, die nicht länger als eine Minute dauert. Doch um an den Computer zu kommen, muss ich in den Wagen. Aber der wird leider gerade umringt, und das nicht nur von neugierigen Gästen, sondern auch von vier finster schauenden Securitys.

»Na, gefällt er dir?«

Ich spüre Zacs Nähe. Seine Wärme im Rücken. Seinen Atem an meinem Hals.

»O ja.« Ich lehne mich ein kleines Stück nach hinten, bis mein Rücken an seiner Brust liegt, bis ich die weiche

Seide seines teuren Anzugs auf meiner bloßen Haut spüre.

Zac schlingt die Arme um meinen Bauch und ich bin verwundert darüber, dass er keinen Abstand zu mir hält. Anscheinend ist es ihm egal, dass wir beide nicht allein sind. Es scheint ihn nicht zu stören, dass wir umstellt sind von Geschäftspartnern und Reportern, die ihn mit Fragen über mich löchern könnten.

»Die Farbe ist der Wahnsinn«, flüstere ich.

»Ich stehe mehr auf Hochglanz, aber wenn man schon innovativ sein will, dann auch richtig, dachte ich mir.«

Außerdem spielst du uns damit perfekt in die Hände, denke *ich* mir.

Wenn die anderen *Bones* es wirklich schaffen, den Wagen wie ein Spielzeugauto aus der Ferne zu steuern, dann ist er auf den unbeleuchteten Landstraßen Kanadas tatsächlich praktisch nicht zu sehen.

»Ich würde ihn mir gerne genauer ansehen«, sage ich und hoffe, dass ich damit nicht zu weit gehe. Natürlich muss ich ein gewisses Interesse für den SolarStorm zeigen, doch bloß nicht zu viel, damit Zac keinen Verdacht schöpft. Er muss stets das Gefühl haben, dass er derjenige ist, der mir seine Nähe aufzwingt und nicht umgekehrt. Sobald er spürt, dass ich ihn manipuliere, wird es kritisch. Doch im Augenblick ist er noch auf Eroberungskurs und kein bisschen misstrauisch.

»Du kannst dich nachher mal reinsetzen«, schlägt Zac vor.

Das ist genau das, was ich möchte. Aber erstens wird er dann dabei sein und mir alles erklären, sodass ich den Chip unmöglich unbemerkt platzieren kann. Und zweitens darf ich nicht zu interessiert wirken. Je weniger mich der SolarStorm begeistert, desto mehr wird Zachary mich mit ihm beeindrucken wollen.

Ich lache leise und schüttle den Kopf. »Wenn wir es irgendwie bis an die Absperrung schaffen, reicht mir das schon.« Ich deute auf die rote Kordel, die den Wagen auf allen vier Seiten umgibt. Er ist genau in der Mitte des verglasten Ausstellungsraums platziert worden, perfekt ausgeleuchtet von gleißendem Scheinwerferlicht. Es gibt keinen Zweifel daran, wer heute der Star des Abends ist.

»Ich bringe dich sogar dahinter.« Zac nimmt meine Hand und zieht mich an seine Seite.

Die anderen Gäste werfen uns verstohlene Blicke zu, einige tuscheln, andere machen Fotos. Ich halte den Kopf gesenkt. Auch wenn mich in Calgary eigentlich niemand kennt und ich ständig mein Aussehen verändere, muss ich morgen nicht unbedingt in der Tagespresse stehen.

Ich werde Terra eine Nachricht zukommen lassen, dass sie die Zeitungen checken und eventuelle Fotos von mir vor dem Druck ein wenig abändern soll, damit mich keine Gesichtserkennungssoftware erfassen kann.

»Zachary.«

Ein Mann tritt uns in den Weg und ich erkenne sofort, dass es Zacs Vater sein muss. Er hat den gleichen durchdringenden Blick und dieselbe aufrechte Haltung wie sein Sohn. Nur, dass seine Züge nicht sinnlich wie Zacs, sondern adlerhaft und hart sind.

»Vater.« Zac wendet sich mir zu. »Das ist Jonathan Stryker, mein Vater. Dad, das ist Elle.«

Jonathan reicht mir die Hand und mustert mich dabei, als könnte ihm mein Aussehen irgendwelche Geheimnisse verraten.

»Deine Begleitung für heute Abend?«, fragte er und sein missbilligender Tonfall lässt durchklingen, dass er mich für eine Escort-Lady hält.

»Nein. Nicht nur für heute Abend«, sagt Zac und ich beschließe, ihm zur Seite zu springen.

»Wir treffen uns seit einer Weile«, erkläre ich.

Jonathan schaut nun noch abschätziger. Wahrscheinlich denkt er jetzt, dass ich es nur auf Zacs Geld abgesehen habe. Dabei ist nicht sein Geld, sondern seine neueste Erfindung in Gefahr. Naja, strenggenommen beides.

»Und wo habt ihr euch kennengelernt?«

Zac räuspert sich und schaut sich um. Ich habe schon bessere Schauspieler gesehen. Bevor Jonathan Verdacht schöpfen oder weitere spitze Kommentare von sich geben kann, lasse ich mir etwas einfallen.

»Auf einer Kunstauktion.« Ich hoffe, dass Zac sich für Kunst interessiert. In seinem Haus habe ich zumindest zahlreiche Einzelstücke entdeckt. »Ich wollte für einen Mondrian bieten«, erkläre ich weiter, da ich glaube, eines von Mondrians neoplastizistischen Gemälden in Zacs Flur entdeckt zu haben. »Aber Zac kam mir zuvor.«

Sowohl Jonathan als auch Zac selbst scheinen überrascht von meinen Kunstkenntnissen. Zac fängt sich jedoch schneller wieder.

»Ich hatte es gar nicht auf das Bild abgesehen, ich wollte nur mit Elle ins Gespräch kommen.«

»Nach der Auktion«, ergänze ich, »wollte er mir das Kunstwerk schenken.«

»Aber Elle hat es nicht angenommen.«

»Das ist doch der Reiz einer solchen Auktion«, erkläre ich an Jonathan gewandt. »Entweder du gewinnst oder du verlierst. Niemand möchte hinterher einen Mitleidsbonus. Einen Trostpreis.«

Jonathans Brauen, die zuvor fest zusammengekniffen waren, entspannen sich ein wenig. »Nun, das ist richtig ...«

»Ich habe ihr das Bild zum ersten Jahrestag versprochen«, setzt Zac noch eins drauf.

»Mal sehen, ob es den geben wird.« Ich schmiege mich an Zacs Schulter und zwinkere Jonathan zu. Ich glaube, vorerst haben wir ihm den Wind aus den Segeln genommen.

»Ich mische mich mal wieder unter die Gäste«, sagt er nach einem Moment des Schweigens.

»Mach das.« Zac wirkt erleichtert.

»War schön, Sie kennengelernt zu haben, Elle.«
»Vielen Dank, es hat mich ebenfalls gefreut.«

Mit einem Nicken verabschiedet sich Jonathan Stryker von uns und Zac und ich sehen ihm nach, bis er zwischen den anderen Gästen verschwunden ist.

»Er ist ganz schön seltsam«, sage ich.

Zac lacht leise. »Das ist noch harmlos ausgedrückt.« Einen Moment lang blickt auch er seinem Vater hinterher, dann dreht er sich zu mir um und lässt sein gewinnendes Lächeln sehen. »Wo waren wir, bevor der alte Spielverderber aufgetaucht ist? Ach ja. Du wolltest mein bestes Stück sehen.«

Zachary

»Bitte einsteigen.« Ich halte Elle die Tür auf der linken Seite des Wagens auf und genieße ihre Verlegenheit über das Blitzlichtgewitter, das eingesetzt hat, kaum dass wir die Absperrung überwunden hatten.

Sie hält den Kopf gesenkt und wirkt beinahe schüchtern. »Zac, ich weiß nicht ...«

»Na, los doch«, fordere ich sie auf. »Autos sind schließlich nicht nur da, um sie aus der Ferne zu bestaunen, oder?«

»Vermutlich hast du Recht«, lenkt Elle ein und klettert endlich in den Wagen.

Das schwarze Leder der Sitze steht ihr unglaublich gut. In ihrem dunklen Kleid sieht sie aus wie ein Model, das wir extra engagiert haben, um unser neues Auto in ein gutes Licht zu rücken. Noch mehr Fotos werden geschossen, während ich ihre Tür schließe und um den SolarStorm herumgehe, um mich neben sie zu setzen.

Beinahe andächtig streicht sie mit der Hand übers Lenkrad.

»Das brauchst du eigentlich gar nicht«, erkläre ich. »Es ist nur ein Spielzeug. Für den Fall, dass man doch mal selbst fahren und nicht das Auto die ganze Arbeit machen lassen will.«

»Ich stelle mir das ehrlich gesagt relativ langweilig vor«, erwidert sie. »Den Wagen alles machen zu lassen.«

Ihre Ehrlichkeit bringt mich zum Lachen. »Du bist die Erste, die mein neues Auto langweilig nennt.«

»Nicht das ganze Auto«, widerspricht sie. »Nur die Vorstellung, hier zu sitzen und nichts zu tun.«

Immer noch streichen ihre schlanken Finger über die Armaturen. Ihre Nägel sind goldene Krallen und der Anblick ist unglaublich sexy. Ich stelle mir vor, was sie mit diesen Händen anderswo anstellen könnte, und als hätte sie meine Gedanken gelesen, greift ihre Rechte in diesem Moment nach der Handbremse, gleitet sanft daran hinab.

»Das fühlt sich alles ziemlich hochwertig an«, sagt sie in einem Tonfall, der mich mehr Doppeldeutigkeit hinter ihren Worten vermuten lässt, als sie wahrscheinlich beabsichtigt.

»Das ist es auch«, gebe ich zurück und beobachte, wie ihre Finger an der Bremse wieder hinaufgleiten.

Bei jeder anderen Frau würde das vermutlich billig wirken. Doch was Elle da macht, erscheint mir nicht wie eine plumpe Anmache. Vielmehr, als wolle sie mich reizen, so wie sie es schon die ganze Zeit tut, seit wir uns kennengelernt haben. Wie sie mich immer wieder ein Stück weit an sich heranlässt, um mich dann doch auf Abstand zu halten.

Ich denke an unseren Kuss und daran, wie gut sich ihr makelloser Hintern unter meinen Händen angefühlt hat. Und ich kann es nicht verhindern: In meiner Hose tut sich etwas. Zum Glück sind die Scheiben des SolarStorm getönt. Mir sind die Blicke meines Vaters nicht entgangen, als ich Elle mit hinter die Absperrung genommen habe. Er war schon immer ein Narzisst – er hasst es, dass sich bei DayBreak jetzt nicht mehr alles um ihn dreht. Am liebsten würde er selbst mit einer schönen jungen Frau an seiner Seite im Rampenlicht stehen.

Aber er hatte seine Zeit. Jetzt bin ich dran.

»Was?«, fragt Elle, als sie bemerkt, dass ich ihre Finger anstarre. »Willst du mir erklären, dass die Bremse auch nur ein überflüssiges Spielzeug ist?«

»Ich halte Bremsen generell für überbewertet«, gebe ich zurück und versuche, ihren Blick einzufangen. »Ist es nicht viel verlockender, den Dingen ihren Lauf zu lassen?«

Elle sieht mich an und zieht vielsagend eine Braue in die Höhe. »Oder einfach mal Vollgas zu geben?«

Ich nicke. »Vollgas geben. Das ist es also, was du willst?«

»Was hast du denn gedacht?«, fragt Elle und verzieht die Lippen zu einem derart herausfordernden Lächeln, dass ich sie am liebsten hier und jetzt auf der Stelle nehmen würde. Vor all den Leuten, die um den Wagen herumstehen, ihren Champagner in sich hineinkippen und die Leere in ihrem Inneren mit Canapés zu füllen versuchen.

Wie füllst du die Leere in deinem Inneren, Zac?, fragt meine hässliche innere Stimme.

Ich ignoriere sie, wie ich es seit Jahren tue, erwidere Elles Lächeln siegessicher und ziehe mein Handy aus der Tasche. »Dann pass mal auf.«

Damit tippe ich eine meiner Kurzwahlen an und habe keine 10 Sekunden später Timothy Miller am Apparat, den Besitzer des Autohauses.

»Tim? Mach uns bitte das Tor auf«, fordere ich.

»Jetzt? Aber ich dachte, der Wagen wird erst morgen früh abgeholt.«

»Meine Pläne haben sich geändert.« Damit unterbreche ich die Verbindung, greife hinüber zu Elle und lege meinen Daumen auf die kleine schwarze Fläche neben dem Lenkrad.

Der Motor erwacht mit einem eleganten Summen zum Leben.

Überrascht sieht sie auf die Fingerabdruckfläche. »So läuft das bei dir wohl überall.«

Ich nicke. »Wer sich in Zukunft einen SolarStorm kauft, kann sichergehen, dass der Wagen nur ihm gehört. Und natürlich denen, die er zum Fahren autorisiert.«

Elle scheint etwas erwidern zu wollen, doch dann richtet sich ihr Blick nach vorn. Kein Wunder, denn etwa acht Meter von uns entfernt beginnen die gläsernen Wände des Autohauses auseinanderzugleiten. Auch die anderen Besucher und Reporter merken es und gehen zur Seite. Gespannte Erwartung macht sich breit, in manchen Gesichtern liegt Überraschung – unter anderem in dem meines Vaters. Natürlich, denn er weiß genauso gut wie ich, dass für heute Abend keine Fahrvorführung geplant war.

Nun. Das hier wird ja auch keine.

Ich nicke Timothy zu, der die rote Kordel vor der Front des Wagens löst und zur Seite geht. Anschließend frage ich Elle: »Und? Bereit?«

»Für Vollgas?«, fragt sie. »Immer«

»Gut zu hören«, erwidere ich, dann wende ich mich dem Sprachsensor in der Mittelkonsole des Wagens zu. »SolarStorm? Bring uns hier raus.«

Der Motor antwortet mit einem freudigen Brummen. Gleich darauf setzt sich der Wagen in Bewegung und Elle lässt ein verblüfftes Lachen hören.

»Den hast du aber gut erzogen.«

»Das musste ich gar nicht. Der frisst mir vollkommen freiwillig aus der Hand.«

Vorbei an den Fotografen, die jetzt erst recht ihre Kameras gezückt haben, und einigen verblüfften Geschäftspartnern, denen ich heute Abend eigentlich noch ein Gespräch versprochen hatte, rollt der SolarStorm aufs offene Tor zu und hinein in die kanadische Nacht.

Die Scheinwerfer leuchten von allein auf, als der Wagen uns über den hinteren Parkplatz in Richtung Straße manövriert.

An der Ausfahrt bleibt er stehen.

»Was jetzt?«, fragt Elle.

»SolarStorm, bring uns zum Scotsman's Hill«, sage ich, sehe zu ihr hinüber und füge hinzu. »Mit Vollgas.«

Elle sieht mich ebenfalls an. Ich mag das Blitzen in ihren Augen, die freudige Erwartung. Und ich bin mir sehr sicher, dass sie nicht nur der Autofahrt gilt.

Der Wagen schießt los. Elle und ich werden beide zur Seite geschleudert, als der SolarStorm sich mit einer engen Kurve in die linke Spur der Hauptstraße einfädelt. Dann drückt uns die Wucht der Zündung in die Sitze, als das Auto meinen Befehl, Vollgas zu geben, in die Tat umsetzt.

»Himmel«, keucht Elle und sieht sich begeistert um. Reglos sitzt sie am Steuer, blickt mit großen Augen nach links und rechts, wo die Lichter der Stadt an uns vorbeizischen. »Das ist unglaublich!«

»Das ist die Zukunft«, gebe ich zurück und empfinde zum ersten Mal, seit ich die Leitung von DayBreak Motors übernommen habe, so etwas wie Stolz.

Dieser Wagen, mache ich mir klar, ist mein Werk. Meine Idee, meine Umsetzung. Und ich glaube, ich habe für die Jungfernfahrt genau die richtige Frau an meiner Seite.

»Dank der verbauten künstlichen Intelligenz analysiert der SolarStorm Straßennetz und Verkehrslage. Wenn man ihm nichts anderes sagt, wählt er eigenständig ein Tempo, das den Ansprüchen des Passagiers gerecht wird und gleichzeitig für höchste Sicherheit sorgt. Und das alles, während du dank eines ultraleisen Motors und hochmodernen Rädern noch nicht einmal merkst, dass du überhaupt in Bewegung bist. Eine Anschnallpflicht gibt es hier übrigens auch nicht, da ein Unfall dank der fortschrittlichen Technologie absolut unwahrscheinlich ist. Man kann sich vollkommen frei bewegen.« Per Knopfdruck lasse ich das Lenkrad in einer Luke im Armaturenbrett verschwinden. Auch die Handbremse und alles, was sonst noch an ein normales Auto erinnert, zieht sich ins Innenleben des SolarStorm zurück.

»Okay«, sagt Elle, nachdem sie sich ausgiebig umgesehen hat, und wendet sich mir zu. »Hier sitze ich nun also und das Auto macht die ganze Arbeit.«

»M-hm«, pflichte ich ihr bei.

»Und womit vertreibe ich mir dann die Zeit?«

Ich mustere sie und sehe wieder diesen Glanz in ihren Augen, noch deutlicher als vorhin. Kein Wunder. Wir fahren mit fast 60 Meilen durch die Innenstadt von Calgary. Wir sind verflucht schnell und doch kommt man sich hier drinnen vor wie in einem Raumschiff, als würde man schweben, so ruhig und sicher gleitet der Wagen dahin.

Es fühlt sich schwerelos an. Und ich denke, ein Gefühl von Schwerelosigkeit ist genau die richtige Basis, um Elle endlich dahin zu treiben, wo ich sie haben will.

»Das ist ziemlich einfach«, sage ich. Dann strecke ich die Hand aus, als wollte ich sie berühren. Doch stattdessen drücke ich auf einen Knopf an der Seite ihres Sitzes, der die Lehne beinahe geräuschlos nach hinten gleiten lässt.

Elle lacht auf, als sie der Wagen in eine liegende Position bringt.

Ich werfe einen Blick auf die Straße, doch es herrscht so gut wie kein Verkehr und der Wagen überwindet sämtliche Hindernisse mühelos. Also dunkle ich mit einem weiteren Knopfdruck auch die Frontscheibe ab, sodass absolut niemand mehr zu uns ins Innere blicken kann. Dann löse ich mich von meinem Sitz und beuge mich hinüber zu Elle.

Erwartungsvoll liegt sie da, mit ihren perfekten Kurven in diesem wundervollen Kleid, und sieht mir mit undurchdringlichem Gesichtsausdruck entgegen.

Wieder stelle ich fest, wie erhaben sie ist. Wie wenig sie zu den Stripperinnen passt, die ich vor ihr kannte.

Ich strecke die Hand aus, streiche mit den Fingern über ihre Wange, dann über ihren weichen Hals, was sie zusammenzucken lässt. Doch als ich meine Hand ein Stück weiter nach unten gleiten lasse, über die Seide ihres Kleids, und meine Finger ohne Vorwarnung um eine ihrer vollen Brüste schließe, zuckt sie noch nicht einmal mit der Wimper.

»Und?«, fragt sie stattdessen. »Spürt man es?«

Ich schüttle den Kopf. Die warme Rundung unter meinen Fingern fühlt sich absolut echt an. Und die Art und Weise, auf die Elle nun auf meine Hand blickt, gefällt mir. So als würde ein Teil von ihr mich am liebsten ermahnen wollen, dass es unanständig ist, was ich da tue. Und als würde ein anderer Teil von ihr mich am liebsten dazu auffordern, noch viel fester zuzupacken.

Ich denke an ihre konservative Herkunft. Dann denke ich daran, welche Einblicke sie Abend für Abend den Männern von ganz Calgary gewährt. Daran, wie sie ihr Höschen zur Seite geschoben und mich einen süßen Moment lang alles sehen lassen hat. Und wie sie sich dabei vollkommen im Griff hatte, so als würde es sie kaltlassen. Als würde *ich* sie kaltlassen.

Allein der Gedanke daran macht mich wahnsinnig. Die Erinnerung an unsere erste Begegnung und der immer stärker werdende Wunsch, ihre Fassade endlich zu durchbrechen.

Ich beobachte sie genau, während ich meine Hand tiefer gleiten lasse. Während ich über ihre Rippen streichle, über ihren flachen Bauch, die sanfte Wölbung ihres Schambeins. Ich streiche über ihren Schenkel, hinab zum Saum des Kleides, und dann lasse ich meine Hand darunter wandern, fahre mit den Fingern ihre glatte Haut wieder hinauf, erst an der Oberseite, dann an der Innenseite ihres Schenkels entlang ...

Und plötzlich stoßen meine Finger in warme, schlüpfrige Feuchtigkeit.

Mit einem überraschten Keuchen blicke ich Elle ins Gesicht.

»Unter so einem Kleid trägt man kein Höschen«, erklärt sie. Ihre Stimme klingt ein wenig heiser und ihre vollen Wimpern flattern leicht, als ich ihr in die Augen sehe.

»Gute Entscheidung«, erwidere ich. Dann lasse ich meine Finger ein Stück weiter vorangleiten, finde ihre empfindlichste Stelle und reibe sie sanft, was sie nur noch feuchter werden lässt.

Elle lässt ein unwilliges Stöhnen hören. Sie will die Fassung wahren, will sich mir weiter widersetzen, das merke ich deutlich. Doch langsam, aber sicher übernimmt ihr Körper die Kontrolle.

Ihre Beine spreizen sich leicht und erlauben mir, sie intensiver zu stimulieren, meine Finger über ihre Mitte kreisen zu lassen. Immer noch sehe ich ihr dabei ins Gesicht. Sie sieht an sich hinunter, auf meine Hand, die sich unter dem dünnen Stoff zu schaffen macht, und ich folge ihrem Blick. Begutachte ihre leicht geöffneten Schenkel, die schmale Taille, ihre Brüste, die unter meinen rhythmischen Bewegungen beben.

Ich presse meinen Daumen auf ihren empfindlichsten Punkt, lasse meine Finger sanft um ihre pulsierende Mitte kreisen.

Elles verschleierter Blick findet meinen. Sie packt meine Hand, drückt sie fest gegen ihre Mitte, presst die Schenkel zusammen und wirft den Kopf in den Nacken, als sie mit einem beinahe schmerzhaften Seufzen zum Orgasmus kommt.

Ich spüre ihre Kontraktionen, meine Erektion wird so hart, dass es fast wehtut. Dann lockert sich Elles Griff und ich betrachte sie. Einen Moment lang liegt sie nur da, schwer atmend, die Augen geschlossen.

Dann setzt sie sich auf, richtet ihr Kleid und blickt an mir hinunter.

»Was denn?«, frage ich angesichts ihres vielsagenden Blicks. »Hast du erwartet, dass mich das kaltlässt?«

»Wie lange fahren wir noch bis zum Scotsman's Hill?«, will sie wissen.

Ich werfe einen Blick auf die Anzeige des Bordcomputers. »Gute zehn Minuten.«

Elle mustert mich noch einen Moment lang, ohne dass ich sagen kann, was in ihr vorgeht.

»Okay«, beschließt sie dann. »Das reicht für eine Revanche. Lehn dich zurück und genieß es.«

Lielle

Der Fußraum des SolarStorm ist ziemlich geräumig und lässt mich die sanften Vibrationen der Reifen auf dem Asphalt fühlen. Normalerweise gehe ich nicht so ohne Weiteres vor einem Mann auf die Knie. Aber Zac gibt mir nicht das Gefühl, dass ich mich dadurch erniedrige. Im Gegenteil. Die Art und Weise, auf die er mich angesehen hat, während er es mir mit den Fingern gemacht hat …

Da war nichts Abschätziges in seinen Augen, sondern vielmehr ein bewundernder Ausdruck. Anscheinend habe ich genau die Wirkung auf ihn, die ich mir erhofft habe. Er will mich, weil er mich nicht so einfach haben kann.

Ich schiebe sämtliche Zweifel fort, während ich seine Erektion aus den Designershorts, die er unter seiner Hose trägt, befreie. Schon zum zweiten Mal an diesem Abend macht sich dabei ein Kribbeln in meinem Unterleib bemerkbar.

Ich bin erstaunt.

So etwas wie Lust habe ich seit Wochen nicht empfunden, aber Zac verschafft sie mir scheinbar mühelos. Dadurch, wie souverän er mit allem und jedem umgeht, auch mit mir – und wie deutlich er mir dabei zeigt, dass er mich will. Unbedingt. Koste es, was es wolle. Ich mag die forschenden Blicke, mit denen er meine Fassade zu durchdringen versucht und die maskuline Eleganz, die er sogar dann noch ausstrahlt, wenn er mit seinem Ständer vor mir sitzt.

Ich schließe meine Hand darum, drücke leicht zu und blicke zu ihm hinauf. Zac keucht, kleine Schweißperlen stehen auf seiner Stirn.

Eine Strähne hat sich aus seiner perfekt gestylten Frisur gelöst und fällt ihm in die Stirn. Auf diese Weise sieht er fast noch besser aus.

Ich sehe ihm in die Augen, lasse ihn noch einen Moment lang zappeln. Dann beuge ich mich hinunter und lasse seine Härte langsam, unendlich langsam zwischen meine geöffneten Lippen gleiten.

»Gott«, keucht Zac und klingt dabei, als hätte ich ihm ein Messer in den Leib gestoßen.

Ich grinse leicht und nehme ihn tiefer in mich auf. Darin war ich schon immer gut. Für den Bruchteil einer Sekunde muss ich an den letzten Mann denken, für den ich das gemacht habe, wie er mein Haar gepackt hat und ...

Er gehört hier nicht her. Er gehört überhaupt nicht mehr in mein Leben, zumindest nicht privat. Ab sofort sind wir nur noch Mitglieder derselben Gang und das war's.

Ich schließe die Augen und lasse mich ganz auf den Moment ein, sauge voller Hingabe an Zacs Erektion und stelle fest, dass sein Geschmack mir gefällt. Irgendwie bereue ich es jetzt schon ein wenig, dass ich ihn gerade nicht zum Zug habe kommen lassen. Aber die Nacht ist noch lang.

Genau genommen könnte ich Zac aber auch gleich abwimmeln und nach Hause fahren, denn den Chip habe ich vorhin, als ich ihn mit meinem Gefummel an der Handbremse abgelenkt habe, mühelos anbringen können.

Doch irgendwie, stelle ich fest, möchte ich das gar nicht. Ich möchte jetzt nicht in mein Apartment, nicht zurück in mein falsches Leben und auch nicht in mein echtes. Im Gegenteil. Ich bin gespannt darauf, wo er mich hinbringt und freue mich, die nächsten Stunden nicht Lielle sein zu müssen.

Ich blicke auf zu Zac, lasse meine Hand über seine angespannten Lenden gleiten und tue alles, um die restlichen Minuten unserer gemeinsamen Fahrt für ihn unvergesslich zu machen.

Der Ort, an den Zac mich bringt, überrascht mich. Scotsman's Hill, das klingt irgendwie edel. Aber es ist im Grunde genommen nur ein etwas höher gelegener Hügel am Flussufer des Elbow River, außerhalb am Stadtrand von Calgary. Hier befinden sich ein paar wenige Wohnhäuser, neuenglische Bauten mit Erkern und Spitzdächern. Hinter den meisten Fenstern brennt warmes Licht.

»Wo gehen wir hin?«, frage ich, als mich Zac über die Straße auf die Wohnhäuser zu führt.

»Ich möchte dir was zeigen.«

»Und was?«

Mit einem kurzen Lachen sieht er mich an. »Kann es vielleicht sein, dass du ziemlich neugierig bist?«

»Nennen wir es vorsichtig«, erwidere ich.

»Wir gehen dorthin«, sagt er und deutet auf eines der hübschen Backsteinhäuser. »Im obersten Stock gehört mir eine Wohnung.«

»Dir gehört eine Wohnung so nah an der Stadt? Und dann lebst du dort draußen?«

Zac lächelt dünn. »Das war eine der Bedingungen meines Vaters, die Firma mir und nicht Sophie zu übergeben.«

»Dann war es dir also wichtig, dass du sie bekommst?«, hake ich nach.

Zac zieht mich mit sich auf den Bürgersteig und sieht mich an. »Klar. Wie hätte das denn sonst ausgesehen?

Der Gründer von DayBreak Motos vermacht sein Imperium nicht an seinen erstgeborenen Sohn, sondern an seine jüngere Tochter. Ich hätte wie ein Loser dagestanden.«

»Verstehe«, sage ich und drücke seine Hand, auch wenn ich für so ein Verhalten normalerweise nicht allzu viel Verständnis habe.

Mir selbst ging es in meinem Leben nie um das, was die Leute dachten. Wir *Bones* sind nicht so. Wir sind Outlaws und ich glaube, das ist etwas, das man im Blut hat oder eben nicht.

Zac scheint seine Integrität sehr wichtig zu sein. Doch auch wenn ich ganz anders bin, finde ich das ziemlich sexy. Einen Mann, der darauf achtet, eine gewisse Außenwirkung zu haben. Der nicht wie ein Raubtier durchs Leben prescht und sich ohne Rücksicht auf Verluste nimmt, was er will.

Dabei glaube ich noch nicht einmal, dass sich Zac nicht nimmt, was er will. Ich denke nur, er tut es subtiler.

Ich folge ihm in den kühlen Hausflur und eine schmale Treppe hinauf. Wieder nimmt er dabei meine Hand und ich kann nicht verleugnen, dass eine leichte Nervosität von mir Besitz ergriffen hat. Es ist verrückt, aber es fühlt sich ein bisschen an, als wären wir ein junges Paar und mein neuer Freund würde mich das erste Mal mit zu sich nach Hause nehmen. Dabei ist Zac Multimillionär. Ich bin schwerkriminell. Und das Ganze hier ist nur ein Spiel.

Wir gehen hinauf in den obersten Stock, er öffnet die Tür und ich spüre im ersten Moment Ernüchterung.

Denn der große Wohn- und Schlafraum, in den wir treten, ist fast vollkommen leer. Lediglich ein Bett und ein dunkles Ledersofa, das dicht an die Wand geschoben ist, sind hier. Dazu ein paar Dachbalken, die den Raum in zwei Hälften teilen.

»Auf die Erklärung, weshalb du mich hierher gebracht hast, bin ich ziemlich gespannt«, gebe ich zu und mache ein paar Schritte ins Innere.

Dann wundere ich mich, dass es einigermaßen hell ist, obwohl gar keine Lampe brennt.

Und im nächsten Moment entdecke ich etwas, das mir den Atem raubt: Durch das große Erkerfenster an der Südseite des Raums kann ich zahllose Lichter erkennen, die gesamte Skyline Calgarys mit dem Saddledome, dem Stampede Grandstand und auf der linken Seite, schwarz und massiv gegen den Nachthimmel, sogar die Rocky Mountains. Noch nie habe ich die nächtliche Silhouette der Stadt so nah gesehen. Von hier aus betrachtet wirkt Calgary wie ein funkelndes Juwel und überhaupt nicht mehr hässlich.

Das ist jetzt meine Welt. Nicht mehr Detroit, nicht die verfallenden Prachtbauten und die stählernen Riesen der Stadt, in der ich Teil der *Bones* wurde.

»Das ist wunderschön«, gebe ich zu – oder zumindest bin ich einen Moment lang kurz davor. Dann jedoch wird mir klar, dass ich Elle bin und wenn sie eines nicht ist, dann leicht zu beeindrucken. Also sage ich stattdessen: »Wow, das ist nett hier.«

»Das ist nicht bloß nett«, erwidert Zac und tritt hinter mich. »Es ist der perfekte Ort.«

»Für was?«, frage ich und drehe mich zu ihm um. Er steht dicht vor mir und ich kann sein Aftershave riechen, einen männlichen und zweifellos teuren Duft.

»Um sich besser kennenzulernen«, sagt er. »Hier gibt es nichts, was einen ablenkt.«

»Keine teure Millionenvilla«, scherze ich. »Keinen Swimmingpool, keine Autoshow, keine Reporter ...«

»Ganz genau«, erwidert Zac vollkommen ernst.

Ich mustere ihn und kann mir das Grinsen immer noch nicht ganz verkneifen. Milliarden Menschen auf der Welt wären froh, wenn sie sich diese Wohnung einfach nur leisten könnten. Diese Lage, diese Aussicht und wahrscheinlich hat auch das Sofa den Wert eines Kleinwagens. Doch Zac tut, als wäre das hier eine Mönchszelle.

Offenbar deutet er mein Schmunzeln falsch, denn er erwidert: »Geld ist nicht alles, Elle.«

Ich denke einen Moment lang über seine Worte nach, über mich und die *Bones* und alles, was wir tun.

»Nein«, sage ich dann. »Aber es ermöglicht einem etwas, das man sonst nicht haben kann.«

»Und das wäre?«

»Freiheit.«

Zac betrachtet mich noch einen Moment lang und sein Blick wird immer nachdenklicher. Dann sagt er: »Freiheit ist auch nicht alles.«

Damit tritt er ans Fenster und überblickt die Stadt. Ich sehe ihm überrascht hinterher. Mit einem Mal klingt er für mich, als wäre er nicht sehr glücklich mit seinem Leben.

Ich atme durch und komme näher, zögere einen letzten Moment lang. Frage mich, ob es der richtige Zeitpunkt ist, ob ich nicht doch noch warten sollte, ob es zu früh für diesen Schachzug ist. Dann jedoch beschließe ich, dass diese Nacht zu schade ist, um sie mit Gedankenspielen und Was-wäre-wenn-Szenarien zu vergeuden.

»Also schön«, sage ich und schlinge meine Arme von hinten um seine Hüften. »Dann zeig doch mal, wie du dir das mit dem Kennenlernen so vorstellst.«

»Mit Vergnügen.« Zac dreht sich zu mir herum, hebt mein Kinn an, ich schließe die Augen und unsere Lippen verschmelzen zu einem langen, sinnlichen Kuss.

Und während seine Zunge sanft mit meiner spielt, schalte ich hinter seinem Rücken die Smartwatch ab. Die Kette habe ich schon nach meinem Gespräch mit Cyph abgenommen und sie auf der Toilette des Autohauses zurückgelassen. Ab sofort konzentriere ich mich nur noch auf mich, denn auch wenn das eigentlich sein Job wäre, hat er mir bei diesem Auftrag noch keine einzige Sekunde lang den Rücken gestärkt. Im Gegenteil.

Und jetzt bekommt er die Quittung.

Er will jemanden covern? Tja. Er wird schon eine andere finden.

Kapitel 5

,look what you made me do'

Cyph

Es ist nach Mitternacht, als ich zurück zum Haus der *Bones* komme. Dummerweise hat es eine ganze Weile gedauert, bis ich erfahren habe, dass sich Lielle und dieser Geldsack auf zwei Beinen mit dem SolarStorm aus dem Staub gemacht haben. Sobald ich davon wusste, habe ich sie zu orten versucht und sie auch gefunden – auf der Damentoilette des Autohauses. Ich bin nachsehen gegangen und habe die Kette in eine der Schüsseln schwimmend entdeckt. Eine klare Botschaft.

Ich knalle die Tür hinter mir zu und stampfe ins Wohnzimmer, wo sich die anderen schon versammelt haben.

»Irgendwelche Neuigkeiten von ihr?«, frage ich aufgebracht und lasse mich in einen der Sessel fallen.

Die anderen *Bones* sehen mich einen Moment lang nur an und niemand, nicht einmal East, scheint sich darum zu reißen, meine Frage zu beantworten. Warum nicht?

»Ist irgendetwas passiert?«, frage ich, während sich vor meinem inneren Auge Horrorszenarien aufbauen.

Sie hatten einen Unfall. Dieser Idiot hat den Wagen viel zu schnell fahren lassen. Sie sind auf dem Highway in einen Truck gekracht.

Ich hätte sie nicht aus den Augen lassen dürfen.

Dann bricht Jess den Bann, indem sie sagt: »Nicht wirklich.«

»Was soll das heißen ‚nicht wirklich‘?«, fahre ich sie an.

»Das heißt, dass Lielle vor gut zwei Stunden die Smartwatch abgeschaltet hat«, antwortet East an ihrer Stelle. »Wir konnten das letzte Signal noch empfangen und Kyan ist sofort losgefahren.«

»Habt ihr sie gefunden?!«, frage ich noch aufgebrachter als gerade.

Tausend Fragen rauschen durch mein Hirn: Wieso hat sie die Uhr ausgeschaltet? Ist er ihr auf die Schliche gekommen? Hat er sie vielleicht selbst ausgemacht?

Dann jedoch nickt East. Er nickt, aber er sagt nichts.

Was zur Hölle soll diese Geheimnistuerei?

»Flipp jetzt nicht aus«, sagt Jess, während Kyan sein Handy vom Tisch nimmt, kurz darauf herumtippt und es mir dann hinhält.

Auf dem Foto, das er zweifellos dort geschossen hat, wo die *Bones* Lielle aufgespürt haben, ist ein unscheinbares Backsteinhaus zu sehen. Im obersten Stock, gleich unter dem Dach, ist ein großes Fenster hell erleuchtet. Und auf der Fensterbank sitzen, mit einer Ansammlung aus Pappschachteln vom Chinesen zwischen sich, Lielle und dieser verfluchte Millionär.

Im ersten Moment denke ich, dass ich erleichtert sein sollte. Immerhin essen sie nur und treiben es nicht.

Doch dann stelle ich fest, dass ich das, was ich auf dem Foto sehe, noch schlimmer finde, als würde es sie beim Sex zeigen.

Lielle trägt Strykers Jackett, wahrscheinlich war ihr kalt und er halt den Gentleman gespielt. Sie hat ihr Haar geöffnet und damit ihr perfektes Styling versaut, wofür sie vor Fremden eigentlich viel zu eitel ist. Anscheinend fühlt sie sich wohl bei ihm, was mir einen so heftigen Stich versetzt, als hätte mir jemand ein Buschmesser in die Eingeweide gerammt.

Das Schlimmste ist aber ihr Lachen. Sie wirft den Kopf in den Nacken und amüsiert sich anscheinend über irgendetwas, das der miese Wichser auf der anderen Seite der Fensterbank zu ihr gesagt hat. Ich kenne dieses Lachen. Es hat nichts mit ihrer Rolle als Stripperin Elle zu tun. Es ist echt.

Das ist die wahre Lielle, die sich da gerade vergnügt.

Wer auch immer mir das Messer in den Bauch gerammt hat, dreht es gerade langsam und genüsslich in der Wunde herum.

Kurzerhand fege ich Kyan das Handy aus den Fingern. »Wie lange willst du damit noch vor meinem Gesicht rumwedeln, he?!«

»Alter.« Kyan lacht mich aus, was die Sache nicht gerade besser macht, und klaubt sein stoßfestes Smartphone vom Teppichboden auf. »Schon klar, dass dir das nicht passt, aber deshalb musst du hier nicht gleich auf Rambo machen.«

Dass es mir nicht passt, tzz. Das ist ein bisschen harmlos ausgedrückt.

»Sie ist in Sicherheit«, mischt sich zur Abwechslung mal Terra ein. »Das ist ja wohl das Wichtigste.«

Jess nickt und betrachtet mich fragend. Mir ist nicht entgangen, dass sie neuerdings auf beste Freundin mit Lielle macht. Wahrscheinlich erzählt sie ihr morgen früh brühwarm, wie ich mich aufgeregt habe.

»Ja, ich bin sicher, dieser Pisser beschützt sie mit vollem Körpereinsatz!«, erwidere ich und stehe auf.

»Cyph«, ruft mir East noch nach, aber ich bin schon auf dem Weg nach draußen.

Das Foto von Lielle und dem Millionär hat sich tief in meine Netzhaut eingebrannt. Es begleitet mich, als ich hinaus in die Nacht trete und in meinen Wagen steige.

Wie sie gelacht hat.

Wie entspannt sie gewirkt hat.

Hat sie das je, als sie noch an meiner Seite war?

Ich sollte mir nichts vormachen, denke ich, und starte den Motor.

Sie war nie wirklich an meiner Seite.

Cyph

Weil unser Haus so weit draußen liegt, ist die nächstgelegene Bar ein klassischer Hinterwäldlerschuppen:

dunkles Holz, ein abgewetzter Billardtisch in der Ecke und an der Wand ein ausgestopfter Bärenkopf.

Als wir *Bones* zum allerersten Mal herkamen, schmiegte Lielle sich eng an mich und flüsterte: »Keine Ahnung, weshalb, aber ich bekomme gerade eine Riesenlust, mir ein kariertes Hemd anzuziehen und Holzhacken zu gehen. Du etwa nicht?«

Ich greife nach meinem Glas und kippe in einem Zug meinen dritten Whiskey hinunter. Ich weiß, Lielle denkt immer, dass es alle nur wegen ihres Aussehens auf sie abgesehen haben.

In Wahrheit war es jedoch ihr Humor, der mich zuallererst gefesselt hat.

Ich schiebe die Erinnerungen fort, ordere ein weiteres Glas und weiß im selben Moment, dass es mir nicht helfen wird. Was tut man, wenn auch der schärfste Whiskey nicht mehr stark genug ist, um den Zorn aus einem herauszubrennen? Dort, wo ich herkomme, hat jeder sein eigenes Mittel dafür. Harte Drogen. Gewalt.

Ein Prolet aus den Slums von Detroit bleibt eben ein Prolet aus den Slums von Detroit, oder nicht?

Mein viertes Glas Whiskey wird vor mir abgestellt und ich greife danach, doch jemand anderes ist schneller. Auf einmal schiebt sich von rechts eine tattoobedeckte Hand in mein Blickfeld, schnappt sich das Glas und leert es in einem Zug.

»Hätte ich mir ja denken können«, knurre ich und sehe zu East hinüber, der sich in dem Moment auf den Barhocker neben meinem setzt. Dann stellt er das Glas auf der Theke ab und macht dem Barmann ein Zeichen.

»Noch einen davon«, fordert er. »Aber nur für mich, nicht für ihn!«

Zweifelnd blicke ich zu meinem besten Freund hinüber. Wir kennen uns, seit wir Jungs waren und im selben Laden Videospiele gestohlen haben. East stammt im Gegensatz zu mir aus einem steinreichen Elternhaus, sieht mit seinen zahllosen Tätowierungen jedoch aus, als käme er direkt aus dem Knast. Auch wenn sein Verhalten gerade eher zu einem Gefängniswärter passt.

»Schreibst du mir jetzt vor, wie viel ich trinke?«, frage ich ungläubig.

»Was willst du dagegen machen?« East nimmt seinen Whiskey entgegen und deutet auf die goldene Flüssigkeit in dem Glas. »Du weißt es selbst, aber ich sag es dir trotzdem: Der hier hilft dir nicht.«

Fast muss ich lachen. Noch vor ein paar Monaten war ich derjenige, der East davon abbringen musste, seinen Frust in Alkohol zu ertränken. Fast ein ganzes Jahr lang war er vollkommen neben der Spur, weil seine große Liebe ihn nicht nur verlassen hatte, sondern auch noch von den Behörden weggesperrt worden war. Tequilaflaschen wurden zu seinem ständigen Begleiter, genau wie Prügeleien und halsbrecherische Fahrten mit seinem Mustang. Ich habe ihn nicht hängen lassen, auch wenn er alles getan hat, um wirklich jeden in seinem Umfeld vor den Kopf zu stoßen.

In diesem Punkt sind wir ziemlich gleich: Wenn wir wütend werden, dann richtig. Und irgendwie sind immer Frauen der Grund dafür.

»Hast du das Foto gesehen?«, frage ich überflüssigerweise.

»Ich war dagegen, dass wir es dir zeigen.« East trinkt einen Schluck, dann sieht er mich an. »Ich weiß noch, wie es war, Jess mit diesem Cooper zu sehen. Ich hätte dem Penner das Herz aus der Brust reißen können.«

Ich nicke. O ja. Wenn ich Zac Stryker jetzt gerade in die Finger bekommen würde, wenn er in diesem Moment durch die Tür in den Pub spazieren würde …

Keine Ahnung, wozu ich dann fähig wäre.

»Verrate mir eins«, unterbricht East meine düsteren Fantasien. »Wieso warst du nicht ehrlich zu mir?«

Stirnrunzelnd blicke ich vom aufgequollenen Holz der Theke zu ihm hinüber.

»Du hast gesagt, die Sache zwischen dir und Lielle wäre vorbei. Zwischen euch wäre alles geregelt. Was sollte das?«

»Du hättest mich den Job nicht machen lassen, wenn ich dir die Wahrheit gesagt hätte. Und die anderen genauso wenig.«

»Das wäre vielleicht auch besser gewesen.«

»Tz.« Ich schüttle den Kopf.

»Kapierst du nicht, was du gerade tust, Cyph?« East sieht mich immer noch an. »Durch dein Verhalten, dadurch, dass du ihr bei jeder Gelegenheit eins auszuwischen versuchst, lenkst du sie erst recht in Strykers Arme und gefährdest die Mision. Du behandelst sie wie Dreck und treibst es mit seiner Schwester. Was soll sie denn da machen? Dir nachlaufen?«

»Komm schon, East! Niemand zwingt sie, sich ihm an den Hals zu werfen, und ich schon mal gar nicht!«

East betrachtet mich zweifelnd und tut, was ich schon immer am meisten gehasst habe. Er lacht mich aus. »O Mann. Ich bin ja schon kein großer Frauenversteher, aber du schießt den Vogel ab, Alter.« Er nimmt einen weiteren Schluck Whiskey, ehe er sich zu mir herumdreht und sagt: »Erstens: Klar muss sie sich an ihn heranschmeißen. Das ist ihr Auftrag, mit dem du einverstanden warst, wenn ich dich daran erinnern darf. Aber alles, was über bloßes Heranschmeißen hinausgeht, ist purer Trotz. Du hast ihr gezeigt, wie egal sie dir ist und sie hat Stryker benutzt, um dasselbe mit dir zu machen. Wenn sich daraus jetzt was Echtes entwickelt ...« Er zuckt mit den Schultern. »Dann geht das zu mindestens fünfzig Prozent auf deine Kappe.«

Einen Moment lang sage ich nichts und tue etwas, das mir überhaupt nicht gefällt. Ich suche nach Ausflüchten, dabei bin ich eigentlich kein Heuchler. Also ringe ich mich schließlich dazu durch, East zuzustimmen. »Na schön. Von mir aus. Und was soll ich jetzt machen?«

»Mir zuerst einmal eine Frage beantworten.«

Stumm blicke ich East an.

»Willst du sie zurück?«, fragt er.

Mein erster Impuls ist es, ja zu sagen. Klar. Ich will, dass ihr Lachen mir und nicht Stryker gehört. Dass alles an ihr mir gehört. Aber dann fällt mir ihre Abfuhr wieder ein und der alte Zorn flammt von Neuem auf.

»Ich weiß es nicht«, gebe ich ehrlich zu. »Aber ich will auf keinen Fall, dass er sie kriegt.«

East nickt, auch wenn mir sein Blick verrät, dass ihn diese Antwort nicht vollkommen zufriedenstellt. »Gut. Dann solltest du dich jetzt zusammenreißen und aktiv werden, anstatt dich hier bei den Hinterwäldlern zu verstecken.« Er zieht sein Handy aus der Innentasche seiner Lederjacke, lässt den Bildschirm aufleuchten und legt es auf die Tischplatte. »Ich habe hier was für dich.«

Ich überfliege den Text, der im Display zu lesen ist und spüre, wie mein Blutdruck steigt.

»Das ist doch nicht wahr«, knurre ich und fühle mich schlagartig nüchterner.

»Doch, das ist es.«

Ich mustere ihn misstrauisch. »Und ihr habt da nichts gedreht?«

Er schüttelt den Kopf. »Natürlich nicht. Terra hat es herausgefunden. Wir hätten Lielle so oder so gewarnt. Aber da du sie coverst, wobei du heute Nacht übrigens einen beschissenen Job machst, ist es wohl am besten, wenn du das übernimmst.«

Ich nicke. Nach und nach durchdringt mein Verstand den See aus Alkohol, den ich in mich hineingekippt habe und ich kann wieder etwas klarer denken. »Wenn er sie anrührt, East, ich schwöre ...«

»Das wird er nicht«, erwidert mein bester Freund und haut mir vor die Schulter. »Wir *Bones* sind ja da. *Du* bist ja da, oder nicht?«

Ich nicke entschlossen.

East mustert mich noch einen Moment. »Pass auf sie auf – jetzt mehr denn je. Zeig ihr, dass Stryker kein Mann ist, in den sie sich verlieben sollte. Und dann, wenn der Job geregelt ist, werde dir darüber klar, ob du sie dir zurückholen willst.«

Und dann tut er das einzig Richtige. Er winkt den Barmann heran und bestellt mir einen starken schwarzen Kaffee.

Auf Zehenspitzen schleiche ich ins Bad und lasse mir die Wanne volllaufen. Dabei fluten Erinnerungen mein Gehirn. An starke Arme, die mich von hinten umfangen, an Hände, die instinktiv wissen, wie und wo ich berührt werden will. An Lippen, die mich auf eine Art und Weise in den Wahnsinn treiben, die ich vorher noch gar nicht kannte.

Unglücklicherweise ist es nicht Zac, an den ich denke. Ich dachte wirklich, dass eine gemeinsame Nacht mit ihm es schaffen könnte, die Geister der Vergangenheit endgültig aus meinem Kopf zu vertreiben. Aber das hat nicht funktioniert.

Vielleicht, weil Zac und ich nicht miteinander geschlafen haben. Es gab ein paar weitere Küsse, ein paar Berührungen. Doch irgendwie war Zac anders als noch im Auto. Keine Ahnung, woran es lag, aber nachdem wir die Wohnung betreten hatten, veränderte sich seine Stimmung nach und nach. Erst scherzten wir noch eine Weile und neckten uns, dann wurde er irgendwie ernster und nachdenklich.

Wir bestellten uns was zu essen, genossen den Ausblick über die Stadt und redeten stundenlang. Wenn man Zac sieht, würde man gar nicht meinen, dass man sich mit ihm so gut unterhalten kann. Und man würde auch nicht vermuten, dass es in unseren beiden Leben so viele Parallelen gibt.

Wie ich ist Zac sehr früh von zuhause ausgezogen, weil er es mit seinem strengen Vater nicht mehr aushielt. Und …

Ja. Eigentlich war es das auch schon mit den Parallelen.

Ich knöpfe das Hemd auf, das ich von Zac zum Schlafen bekommen habe, und lasse mich in das heiße Wasser gleiten.

Es ist nicht von der Hand zu weisen, dass Zac mir ein Kribbeln im Bauch verursacht, wenn ich an ihn denke. Daran, wie er gerade neben mir gelegen hat, oberkörperfrei, durchtrainiert, makellos. Keine Tattoos, keine Narben, nur diese eine dunkle Haarsträhne, die einfach nicht an ihrem Platz bleiben will.

Doch er ist und bleibt ein Job, denn er hat keine Ahnung, wer ich wirklich bin. Sicher, was ich ihm an unserem ersten Abend im Restaurant über mich erzählt habe, stimmte. Aber was heißt das schon?

Wenn ich den Auftrag erfülle, werde ich Zac enttäuschen und vermutlich sogar ziemlich verletzen müssen. Danach wird er mich hassen. Eigentlich sollte ich mir also gar nicht länger Gedanken darüber machen, ob und auf welche Weise wir zusammenpassen.

Ich muss einfach den Moment genießen und versuchen, Zac emotional nicht näher an mich heranzulassen. Nicht zum zweiten Mal in Folge denselben Fehler zu machen.

Die Badezimmertür wird leise geöffnet. Ich sitze mit dem Rücken zur Tür und schließe die Augen, spüre, wie meine Haare behutsam beiseite geschoben werden und sanfte Finger über die Haut an meinem Hals gleiten.

»Gut geschlafen?«, frage ich.

»Im Gegenteil«, antwortet mir eine leise, raue Stimme.

Ich reiße die Augen auf, fahre herum und blicke in Cyphs Gesicht.

Er sitzt auf dem Wannenrand und hat so gar nichts mit Zac gemein. Sein einfaches graues Shirt betont seine breite Brust, sowohl der Kragen als auch die Ärmel lassen Teile seiner Tätowierungen frei. Er sieht total übernächtigt aus, aber das ändert nichts daran, dass ich erschauere, als mich sein Blick so unerwartet trifft.

»Was hast du hier zu suchen?«, zische ich, oder zumindest versuche ich es, doch sobald ich die ersten drei Worte ausgesprochen habe, beugt sich Cyph vor und drückt mir seine Hand auf den Mund.

»Pscht. Oder willst du, dass dein neuer Lover uns hört?«

Ungehalten schlage ich seine Finger weg. »Rühr mich nicht an! Und verschwinde hier! Wie hast du mich überhaupt gefunden?!«

Cyph antwortet nicht gleich. Stattdessen steht er auf und schließt die Badezimmertür ab.

Ich nutze den Moment, um aus dem Wasser zu steigen und mir ein Handtuch umzuwickeln.

»Ich bin deine Absicherung.« Cyph kommt wieder näher. »Ich finde dich überall.«

Ich verschränke die Arme vor der Brust. Auf einmal stört es mich, dass ich unter dem Handtuch vollkommen nackt bin. Mein Körper geht Cyph nichts mehr an.

»Es reicht, wenn du draußen wartest«, erwidere ich. »Ich melde mich schon, wenn ich dich brauche.«

Er greift nach meinem Handgelenk und schaltet die schmale goldene Smartwatch wieder ein. »Ich habe keine Ahnung, was mit dir los ist, Lielle. Aber was du im Moment tust, ist einfach nur dämlich. Du warst immer ein Profi und jetzt setzt du ständig deine eigene Sicherheit aufs Spiel. Wozu? Nur, um mir eins auszuwischen?«

Ich hasse es, wie ruhig seine Stimme auch diesmal bleibt. Sicher, er will Zac nicht wecken. Doch seine Selbstbeherrschung lässt ihn noch gleichgültiger wirken.

»Nicht alles, was ich tue, hat mit dir zu tun, Cyph.«

Das ist eine Lüge, aber was soll ich sonst sagen? Dass ich gestern Abend vor ihm und dem Auftrag geflohen bin, weil mich seine Worte zu sehr verletzt haben?

»Du musst die Uhr anlassen«, sagt er eindringlich, wobei er immer noch mein Handgelenk festhält. »Wenigstens das, wenn du schon die Kette nicht willst. Zu deiner eigenen Sicherheit«

»Du musst dich mal entspannen«, gebe ich zurück und mache mich abermals los.

»Mich entspannen?« Cyph sieht mich kopfschüttelnd an, dann zieht er sein Handy aus der Tasche und hält es mir vor das Gesicht. »Weißt du, was wir herausgefunden haben? Dein Millionär war verlobt und er hat mit der Frau übrigens genau hier, in dieser Wohnung gelebt.«

»Und?«, frage ich schulterzuckend, auch wenn mir diese Info einen kleinen Stich versetzt. Ist Zac deshalb mit mir hergekommen? Weil er über seine Ex hinwegkommen will?

»Und sie ist tot«, gibt Cyph zurück. Sein Blick bohrt sich in meinen und endlich erkenne ich, dass die Dringlichkeit in seinen Augen nichts mehr mit dem zu tun hat, was in den vergangenen zwei Wochen zwischen uns vor sich ging. Es geht jetzt nicht mehr um gegenseitige Verletzungen.

Ich nehme ihm das Handy ab, werfe einen kurzen Blick Richtung Badezimmertür und lese dann den Zeitungsartikel, den er für mich geöffnet hat.

Tragischer Tod auf dem Glenmore Trail
Am Freitagabend hat sich auf dem Highway 8 ein schreckliches Unglück ereignet. Die 26-jährige Phoebe Thornton, Studentin an der University of Calgary und stadtbekannt durch ihre Teilnahme an diversen internationalen Misswahlen, kam aus noch ungeklärten Gründen von der Fahrbahn ab und steuerte ihren Wagen mit rund 100 Meilen in eine Baustelle, wo sie mit einem Bagger kollidierte. Nach Angaben der Polizei war die Studentin sofort tot. Eine Ursache für den tragischen Unfall konnte noch nicht ermittelt werden – Fakt ist aber, dass auf der Fahrbahn keinerlei Bremsspuren ersichtlich waren. Ein Defekt am Fahrzeug kann nicht ausgeschlossen werden. Gerüchten zufolge stand Thornton jedoch unter Medikamenteneinfluss, was ebenfalls als Unfallursache in Frage kommen könnte. DayBreak Motors, in dessen SolarBlast-Modell Thornton unterwegs war, hat bisher keine Stellungnahme herausgegeben.

Der Artikel geht noch weiter, aber ich höre an dieser Stelle auf zu lesen. Ich atme tief durch und versuche die Informationen erst einmal zu verarbeiten.

Ich schiele auf das Datum über dem Artikel und erkenne, dass er rund vier Jahre alt ist. Zac hatte vor vier

Jahren also eine Verlobte, die bei einem Autounfall gestorben ist, und das auch noch in einem DayBreak-Wagen.

»Schon ein bisschen komisch, was?«, fragt mich Cyph. »Und das ist noch nicht alles. Wir haben die Polizeicomputer gehackt. Stryker ist zu dem Unglück befragt worden und hat zugegeben, dass er und Phoebe gestritten haben, gleich bevor sie losgefahren ist. Und was die Sache noch seltsamer macht ...«

»Wow«, unterbreche ich ihn voller Ironie. »Ein Streit. Das heißt natürlich, dass er ihre Bremsen manipuliert hat.« Kopfschüttelnd blicke ich zu ihm auf. »Dir ist wohl jedes Mittel recht.«

Ich will an ihm vorbei aus dem Bad gehen, doch Cyph schnellt vor und packt meine Schultern. »Das hier ist ernst, Lielle.«

Ich lächle ihn vielsagend an. »Ich kenne dich. Aus dir spricht nur dein gekränktes Ego. Und jetzt mach, dass du hier rauskommst. Ein schlimmes Unglück zum falschen Zeitpunkt macht einen noch nicht zum Killer. Das sollten wir *Bones* eigentlich wissen.«

Cyph versteht meine Anspielung auf der Stelle, das erkenne ich an seinem Blick. Kein Wunder, denn sie dreht sich um keinen Geringeren als seinen besten Freund East.

Ich muss an Zac denken. Sicher fragt er sich, was gewesen wäre, wenn er an jenem Abend vor vier Jahren nicht mit Phoebe gestritten hätte. Bestimmt war er deshalb gestern so in Gedanken. Vielleicht dachte er wirklich, dass er mit der Vergangenheit abschließen kann, wenn er eine andere Frau mit hierher bringt.

»Geh jetzt«, sage ich und schiebe Cyph von mir. »Die Hure muss wieder an die Arbeit.«

Ich ziehe den Stöpsel aus der Wanne und schließe die Tür auf.

»Lielle!«, zischt Cyph, aber ich ignoriere ihn.

Er hat nicht über mich zu bestimmen. Er hat sich überhaupt nicht mehr einzumischen, egal mit was für Tricks er es versucht.

Ich weiß, dass ich Fehler gemacht habe, aber das hat er auch. Er hat mich zu schnell losgelassen, als ich zu nah an meinem persönlichen Abgrund balanciert bin. Mich viel zu schnell ersetzt. Und damit muss er jetzt fertigwerden, so wie ich mit meiner eigenen Fehlentscheidung, mit meiner Angst und meiner Sturheit fertigwerden muss.

Wir hätten alles füreinander sein können, für immer, aber das hat sich erledigt. Es wird Zeit, dass sich auch Cyph in seine neue Rolle einfügt.

Zachary

Etwas vibriert neben meinem Kopf. Zuerst habe ich keine Ahnung, wo ich bin und was los ist. Dann spüre ich die vertraute alte Matratze unter mir, rieche das Holz der Dachbalken und die Abgase der nahen Stadt, und schlagartig erinnere ich mich. Ach ja. Die Wohnung.

Vier Jahre zu spät.

Ich wische mir übers Gesicht und werde langsam wach, kapiere, dass mein Handy schellt. Schlaftrunken greife ich danach und nehme ab, kaum, dass ich die Augen geöffnet habe.

»Stryker«, nuschle ich und versuche, den letzten Rest Müdigkeit zu vertreiben.

»Mister Stryker, hier spricht George Vines. Ich habe schlechte Neuigkeiten für Sie.«

Ich fahre aus dem Bett hoch und glaube für einen Moment, dass es wieder passiert. Dass die Aura dieser Wohnung schuld ist. Ein schlechtes Omen. Dann wird mir klar, dass das nicht sein kann. Außerdem würde mich, wenn etwas Schlimmes geschehen wäre, die Polizei anrufen und nicht mein IT-Sicherheitsexperte.

»Was ist los?«, frage ich, gleich eine Spur erleichterter.

»Es hat heute Nacht einen Angriff auf den SolarStorm gegeben.«

»Auf den –? Das ist unmöglich.« Ich schwinge die Beine aus dem Bett und gehe zum Fenster. Der Wagen steht dort, wo ich ihn abgestellt habe und scheint mir vollkommen intakt zu sein.

»Einen Hacker-Angriff, Mister Stryker. Jemand hat versucht, in das System des Wagens zu kommen. Wir konnten es gerade noch verhindern, aber ...«

»Wie ist das möglich?«, fahre ich dazwischen. »Ich dachte, das Programm wäre gut geschützt. Sicherer als Alcatraz, sicherer als ein Gefängnis auf dem Mond. Waren das nicht Ihre Worte?!«

»So ist es auch, Mister Stryker. Der SolarStorm verfügt über ein innovatives Sicherheitssystem, das es uns möglich gemacht hat, den Hacker-Angriff abzuwehren und mit einer Schadsoftware zurückzuschießen.«

Na, immerhin. Wer auch immer mein Auto angreifen wollte, hat jetzt mit einem schönen Virus zu kämpfen. Hoffentlich macht es ihm richtig zu schaffen.

»Gute Arbeit, Vines.«

»Ja, ähm ...« Vine räuspert sich. »Danke. Aber da ist noch was.«

»Und was?« Ich betrachte weiter meinen neuesten Wagen, der auf der Straße steht und so fremdartig aussieht wie ein Raumschiff. So schwarz wie das Universum, mit Akzenten so leuchtend, als würden Sonnenstürme in der Dunkelheit wüten. Der SolarStorm ist unser bisher bestes Modell und ich kann es kaum erwarten, es auf die Leute loszulassen. Im Grunde genommen habe ich das letzte Nacht ja bereits, und zwar ohne Zulassung. Das war aus mehreren Gründen ganz schön leichtsinnig. Eigentlich kann ich froh sein, dass sich noch nicht die gesamte Unterwelt Kanadas um den Wagen geschart hat.

»Wie Sie wissen, ist es unmöglich, den SolarStorm von außerhalb zu hacken, da er auf ein geschlossenes System zurückgreift, praktisch ein wageneigenes Intranet. Man muss sich schon manuell mit dem System verbinden und selbst dann sind erfolgreiche Angriffe extrem schwer auszuführen.«

»Mmh.« Ich nicke und höre kaum noch zu, während Vines sein tolles System lobt.

»Da es aber diese Attacke gegeben hat ...« Wieder räuspert er sich und beginnt langsam, mir auf den Nerv zu gehen. »Das kann nur bedeuten, dass jemand in Ihrem Auto war. Gestern, während der Präsentation.«

Elle, schießt es mir durch den Kopf.

Sie war die Einzige, die gestern mit mir im Auto gesessen hat.

Schnell sehe ich mich um. Wo steckt sie überhaupt?!

»Wir hätten den Bordcomputer am liebsten direkt durchsucht, aber ... Na ja, Sie sind mit dem Auto weggefahren, also ...«

»Schon gut. Ich bringe ihn so schnell es geht vorbei.«

Vorher muss ich allerdings ein ernstes Wörtchen mit Elle reden. Vorausgesetzt, ich finde sie überhaupt. Wer weiß, vielleicht hat sie sich nach der missglückten Hack-Attacke bereits abgesetzt.

Ich verabschiede mich und lege auf.

Gerade will ich mich vom Fenster abwenden und meine Sachen anziehen, als ich eine Bewegung unten am Wagen wahrnehme. Nein, nicht am, sondern *im* Wagen.

Etwas hat darin aufgeblitzt. Nur ganz kurz, aber ich habe es deutlich durch die getönten Scheiben gesehen.

Ich schalte mein Handy auf Videofunktion und richte es auf den SolarStorm.

Es ist besser, einen Beweis gegen Elle in der Hand zu haben. Sie mit den Fakten zu konfrontieren. Wenn ich eine Aufnahme davon habe, wie sie sich aus dem fingerabdruckgesicherten Wagen schleicht, kann sie sich kaum herausreden.

Mein Herz rast, während ich darauf warte, dass sich die Tür öffnet.

Es scheint eine Ewigkeit zu dauern, aber die Anzeige unter der Videoaufnahme zeigt mir an, dass ich noch keine zehn Sekunden filme.

Dann öffnet sich endlich die Wagentür ... und ich kann meinen Augen kaum trauen.

Es ist nicht Elle, die aus dem Inneren kommt, sondern Chris. Mein neuer Fahrer.

Er sieht sich verstohlen um, dann steigt er in einen stahlblauen VW und rast davon.

Ich habe mich geirrt und Elle zu Unrecht beschuldigt. Und als wäre das nicht genug, um mir ein schlechtes Gewissen einzureden, taucht sie in diesem Moment auch noch auf der Straße auf. Sie trägt zwei Kaffeebecher und eine Tüte von der ansässigen Bäckerei in den Händen.

Ich sehe mich um und erkenne, dass die Wohnungstür nur angelehnt ist und einer meiner Schuhe dazwischen klemmt, damit sie nicht zufällt.

Elle hat nur Frühstück geholt und ich habe sie verdächtigt, mich bestehlen zu wollen. Erst jetzt fällt mir auf, wie unsinnig dieser Gedanke war. Ich habe Elle gestern in den SolarStorm gebeten. Zuerst hat sie sich sogar dagegen gesträubt, einzusteigen. Doch wenn sie etwas gegen mich planen würde, hätte sie darauf bestanden, im Wagen mitfahren zu dürfen. Außerdem war sie keinen Moment allein im Auto, ich hatte sie ständig im Blick. Wann hätte sie sich da in das System hacken sollen?

»Ich Idiot ...«, murmle ich und fahre mir mit den Händen durchs Haar.

Unten höre ich die Haustür aufgehen.

Jetzt muss ich mich beeilen.

Ich sende das Video von Chris an George Vines und schreibe dazu:

Chris ist der Lover meiner Schwester und mein neuer Chauffeur. Unauffällig beschatten lassen.

Gerade rechtzeitig lege ich das Handy zurück auf den Nachttisch und drehe mich lächelnd um, als Elle eintritt.

Lielle

Als ich hereinkomme, ist Zac schon auf. Er steht in der Nähe des Fensters und lässt blitzschnell sein Handy verschwinden. Dabei lächelt er mir so unschuldig entgegen, dass bei mir alle Alarmglocken schrillen.

Was verbirgt er?

Cyphs Worte über Zacs Verlobte Phoebe schießen mir durch den Kopf und ich komme nicht umhin, mir vorzustellen, dass Zac ein Mörder sein könnte.

»Ich dachte schon, du hättest dich aus dem Staub gemacht.« Zac kommt auf mich zu und ich mustere ihn. Er trägt nichts außer seinen Designershorts und sein Haar liegt noch unperfekter als am Abend, was ihn nur noch attraktiver macht.

Es ist seltsam zwischen uns. So vertraut. Normalerweise laufen die meisten Jobs, die ich über einen längeren Zeitraum erledige, zuallererst über Sex, um die Zielperson an mich zu binden. Aber bei Zac und mir ist es eher wie ein echtes Kennenlernen. Ein vorsichtiges Herantasten, obwohl in uns beiden die Leidenschaft brennt. Und es ist nicht nur seine Zurückhaltung, die mich überrascht, sondern auch meine eigene. Sex ist einfach. Ich könnte ihn herumkriegen, wenn ich wollte. Wieso wähle ich also den schwierigen Weg?

Weil er mir nicht egal ist, gestehe ich mir ein. Ich werde nicht zulassen, dass ich mich in ihn verliebe, aber ich mag ihn. Wirklich. Und nein, dieser Mann ist für mich kein Mörder. Diese Verdächtigungen sind nur ein weiterer Versuch von Cyph, sich an mir zu rächen und seinem Ego Genugtuung zu verschaffen.

»Nein, ich muss erst heute Abend weg. Arbeiten. Ich habe Kaffee und Beaver Tails dabei«, sage ich und schwenke die Tüte wie eine weiße Flagge. »Besänftigt dich das für den Schreck?«

Zacs Lächeln wird zu einem Grinsen. Er schnappt mich an der Hüfte und wirft sich mit mir aufs Bett, wobei ich Mühe habe, nicht den ganzen Kaffee zu verschütten.

»Hey«, lache ich und lasse mir von ihm die Becher abnehmen. »Angriffe auf Wehrlose sind eine ganz schlechte Idee.« Ich stelle auch die Tüte ab und werfe mich nun meinerseits auf Zac. »Die könnten sich in manchen Fällen nämlich doch wehren!«

»Das halte ich für ein Gerücht.« Jetzt ist er es, der mit dem Kaffee zu kämpfen hat. Ein paar Spritzer sprenkeln seine Brust, bevor er es schafft, die Becher auf dem Nachttisch abzustellen. Direkt neben dem Handy. Ich muss es schaffen, einen Blick reinzuwerfen. Aber fürs Erste wird daraus nichts.

Zac packt meine Hüften, doch anstatt mich von sich runter zu manövrieren, zieht er mich näher an sich heran und küsst mich.

Zuerst bin ich überrascht. Dann jedoch erwidere ich seinen Kuss. Er ist elektrisierend und überlagert all meine negativen Gedanken, bis in meinem Kopf nur noch Leere herrscht und ich mich voll und ganz auf Zac konzentrieren kann. Seine Hände fahren über den Stoff meines Kleides und streicheln meinen Rücken. Seine Nähe fühlt sich so gut an, vielleicht gerade weil er sich so viel Zeit mit mir lässt.

Als er schließlich seine Lippen von meinen löst, bin ich fast ein wenig enttäuscht. Ich sehe hinunter zu ihm. Er atmet genau so schwer wie ich. Ich zwinkere ihm zu und schwinge mich von ihm herunter.

»Beaver Tails?«, frage ich.

Zac lacht. »Ich hole Teller.« Er drückt mir noch einen kurzen Kuss auf den Mund, dann steht er auf und ich muss mich zusammenreißen, um nicht seinem knackigen Hintern hinterher zu sehen.

Stattdessen greife ich nach seinem Handy und entsperre den Bildschirm. Zumindest versuche ich es, doch weit komme ich nicht, denn wie alles bei den Strykers ist es durch einen Fingerabdruck gesichert. Die Aufforderung, meinen Daumen aufs Display zu drücken erscheint und ich lege das Handy lieber wieder weg.

Das darf doch nicht wahr sein.

Ich drücke auf meiner Smartwatch einen kleinen Knopf und flüstere: »Strykers Handy hacken.«

Es dauert keine drei Sekunden, bis eine Antwort erscheint.

Negativ

Ich will gerade etwas erwidern, als zwei weitere Worte auf dem Display der Uhr erscheinen.

Systemangriff, Totalausfall

Frustriert lasse ich die Hand mit der Uhr sinken.

Was hat das zu bedeuten? Sind wir aufgeflogen?

Das Geschirrklappern in der Küche ist verstummt und ich warte mit klopfendem Herzen auf Zac.

Wer weiß, vielleicht war sein leidenschaftlicher Kuss gerade ja ein Abschiedskuss.

Ich setze mich auf, atme tief durch und wäge meine Möglichkeiten ab. Ich könnte verschwinden, aber wenn ich nicht aufgeflogen bin, wäre ich danach in ziemlicher Erklärungsnot. Zac und ich sind uns in der letzten Nacht zu nahe gekommen, als dass ich weiter die Geheimnisvolle spielen könnte. Aber wenn er doch Bescheid weiß ...

Schnell blicke ich auf, als Zac aus der Küche tritt. Er hat keine Cops und auch keine Waffe dabei, sondern tatsächlich nur zwei Teller. Ein gutes Zeichen.

Ich ermahne mich, mich zusammenzureißen, mir nichts anmerken zu lassen.

»Ich habe welche mit Apfel und Zimt, Vanilla Frosting und Keks und mit Haselnusscreme und Banane besorgt.« Ich packe das süße Gebäck aus und präsentiere es Zac.

Noch immer rast mein Herz wie verrückt. Ich muss unbedingt mit den anderen sprechen.

»Das klingt gut.« Zac setzt sich neben mich und seine nächsten Worte bestätigen mir, dass tatsächlich etwas nicht stimmt. »Nach dem Frühstück muss ich ins Büro.«

Mir wird eiskalt, doch ich schaffe es, meine Fassade aufrecht zu erhalten.

»Ist was passiert?«, frage ich. »Oder kriegst du nur Ärger von Daddy, weil du deinen eigenen Wagen entführt hast?«

Zac schüttelt den Kopf. »Viel schlimmer als das. Es hat einen Angriff auf meine Firma gegeben. Etwas, das ich nicht auf mir sitzen lassen kann.«

Kapitel 6
‚Wicked Game'

Cyph

Wenn das so weitergeht, brauche ich einen neuen Plan. Sophie wird langsam misstrauisch, weil ich andauernd weg bin. Obwohl wir uns erst seit einigen Tagen kennen, ist sie verflucht anhänglich. Wenn ich daran denke, wie lange es gedauert hat, bis Lielle mir mal erlaubt hat, in ihrem Bett zu übernachten …

Aber Sophie ist nicht Lielle. Sie ist entweder ziemlich verliebt in mich oder leidet unter großen Verlustängsten oder beides. Als ich gerade das Gästehaus verlassen habe, hat sie eine Bemerkung gemacht, die mir zu verstehen gegeben hat, dass sie mich sofort abschießt, wenn ich mich mit anderen Frauen treffen sollte. Nachher werde ich mir was einfallen lassen, um sie zu besänftigen. Doch jetzt muss ich erstmal zu den anderen.

Wie es Jobs dieser Art erfordern, fahre ich Umwege über Landstraßen und schlängle mich durch den dichten Stadtverkehr, um mögliche Verfolger zu verwirren und abzuhängen. In den ersten Minuten kommen mir tatsächlich ein paar Wagen verdächtig vor, doch schließlich ist niemand mehr hinter mir.

Als ich unser Haus am See erreiche, ist es später Nachmittag. Ich schnappe mir die Überreste des Chips, den ich heute Morgen aus Strykers Wagen montiert habe und steige aus. Zum Glück habe ich gleich an meinem ersten Tag in Strykers Gästehaus sein System manipuliert, sodass Lielles und mein Fingerabdruck überall für eine Autorisierung sorgen. Ich habe jedoch nicht damit gerechnet, dass das auch für den SolarStorm gilt. Ich dachte schon, ich müsste mich irgendwie einhacken, um den Chip zu entfernen, denn den Wagen wie ein normales Auto aufzubrechen ist quasi unmöglich. Vor allem am helllichten Tag in einem Wohngebiet. Aber mein Fingerabdruck genügte, um mir Zutritt zu verschaffen. Einzig zum Starten des Motors war ich nicht freigegeben. Wahrscheinlich gibt es hierfür ein eigenes Sicherheitssystem, das bisher nur Stryker und seinen Technikern offensteht.

Ich nehme zwei Stufen auf einmal und eile ins Haus. Die anderen haben mir mitgeteilt, dass es ein Problem gibt. Deshalb habe ich mich so schnell es ging von Sophie losgeeist. Ich finde die *Bones* im Wohnzimmer. Als ich eintrete, spüre ich direkt, dass die Stimmung gedrückt ist.

Jess und East sitzen am PC, auf seiner Stirn glänzen Schweißtropfen. Beide hacken wie wild auf ihre Tastaturen ein. Milo läuft telefonierend auf und ab und Terra kommt mir mit ausgestreckter Hand entgegen.

»Der Chip«, fordert sie und ich gebe ihn ihr, auch wenn ich kaum glaube, dass sie mit den Kleinteilen noch was anfangen kann.

Sofort setzt sie sich an einen der Rechner, die überall im Raum verteilt stehen und Cas gesellt sich zu ihr wie ein zweiter Schatten.

»Kann mir jemand erklären, was los ist?«, frage ich in die Runde.

Milo fühlt sich offenbar nicht angesprochen, also wende ich mich an East. »East. Was ist hier los? Warum sollte ich den Chip entfernen?«

Er tauscht einen kurzen Blick mit Jess, die ihm zunickt. Dann kommt er zu mir rüber.

»Es geht gerade alles schief, Cyph.« Er wischt sich den Schweiß aus dem Gesicht und geht ein paar unruhige Schritte. »Die haben uns erwischt. DayBreak hat unseren Hackangriff gestern Nacht nicht nur entdeckt und direkt abgeschmettert, die haben auch unser System lahmgelegt. Ein Virus der besonders aggressiven Sorte!«

Woh. Das sind beschissene Neuigkeiten.

»Und jetzt?«

»Jetzt?« East sieht mich an und schüttelt den Kopf. »Jetzt haben wir ein verdammt großes Problem. Bisher sind wir total machtlos. Wir haben keinen Zugriff mehr auf unsere eigenen Computer und wenn wir Pech haben, machen die uns ausfindig, bevor wir unsere Spuren verwischen können.«

Ich will mir gar nicht ausmalen, was das zu bedeuten hätte. Als wir das letzte Mal aufgeflogen sind, hatte eines unserer Mitglieder die Wahl zwischen Bootcamp und Gefängnis.

»Scheiße.« Jetzt fahre ich mir ebenfalls durchs Haar, eine hilflose Geste, während ich nachdenke. »Ich hole meinen Laptop und ...«, beginne ich, aber East schüttelt den Kopf. »Du musst auf der Stelle zurück, Cyph. Möglicherweise hat Stryker Lielle schon in Verdacht. Du musst vor Ort sein und auf sie aufpassen. Jetzt erst recht.«

Verdammt. Daran habe ich gar nicht gedacht, aber East hat Recht. Wenn Stryker eins und eins zusammenzählt, dann wird es ihm komisch vorkommen, dass der Hacker-Angriff so unmittelbar nach Lielles Auftauchen in seinem Leben stattgefunden hat. Normalerweise finden unsere Attacken unentdeckt statt. Für gewöhnlich lassen wir uns nicht erwischen und der Lockvogel gerät nicht in Gefahr. Sobald wir den Wagen gehabt hätten, wäre Lielles Job erledigt gewesen und Stryker hätte sie nie wiedergesehen. Aber so ...

»Weiß sie es schon?«

»Sie weiß, dass es einen Systemausfall gibt, mehr nicht.«

»Ich rede mit ihr.«

East sieht mich skeptisch an und jetzt steht auch noch Jess auf. Sie kommt zu uns herüber und mustert mich, scheint für einen Moment nach den richtigen Worten zu suchen.

»Ich weiß nicht, ob das eine so gute Idee ist«, sagt sie dann. »Die Sache wird gerade verdammt heikel, Cyph, und eure Nerven liegen blank. Glaubst du, ihr würdet es schaffen, ein sachliches Gespräch zu führen? Beide die Ruhe zu bewahren, die wir jetzt brauchen?«

Ich denke an heute Morgen, daran, wie sie mir kein Wort von meinen Anschuldigungen gegen Stryker geglaubt hat. »Könnte schwierig werden«, gebe ich zu.

Jess nickt, als hätte sie sowas schon geahnt. »Sie ist gerade auf dem Weg in ihr Apartment. Ich denke, es ist besser, wenn ich es ihr sage. Du wartest unten im Auto und warnst uns, falls Stryker jemanden schickt.«

Falls Stryker jemanden schickt. Vor meinem inneren Auge sehe ich Männer in dunklen Anzugjacken, die das Halfter an ihren Gürteln kaum zu verdecken vermögen. Nur langsam wird mir wirklich klar, wie ernst die Lage ist.

Verdammt. Ich wünschte, Lielle und ich wären so wie früher ein Team, bei dem sich jeder auf den anderen verlassen kann. Sollte sie in Gefahr geraten, nur weil unsere Streitigkeiten sie aufgewühlt haben, würde ich mir das nie verzeihen.

»Also gut«, sage ich schließlich. »Ich halte Abstand.«
Jess nickt. »Dann fahren wir.«

Lielle

Jess ist auf dem Weg zu mir. Sie hat mir vor einer halben Stunde gesagt, dass sie herkommen wird und meine Nervosität steigert sich seitdem ins Unermessliche. Irgendetwas ist schiefgelaufen, das hat mir die Nachricht vorhin auf meiner Smartwatch schon verraten. Doch ich habe noch keine Ahnung, in welchem Ausmaß und kann nur hoffen, dass es nicht so ernst ist, wie es mir im Moment vorkommt. Dass der Job nicht geplatzt ist oder Schlimmeres.

Als es klingelt, springe ich von meinem Platz auf dem Sofa auf und öffne Jess die Tür. Ungeduldig lausche ich auf ihre Schritte und warte darauf, dass sie endlich auf meiner Etage ankommt. Obwohl es draußen recht warm ist und auch nicht regnet, hat sie die Kapuze ihrer schwarzen Jacke auf und hält den Blick gesenkt. Das ist ein gutes Zeichen. Wären wir enttarnt worden, wäre es nicht mehr nötig, dass sie ihr Gesicht versteckt.

»Jess.« Ich umarme sie kurz und schließe die Tür hinter ihr.

Ihre ganze Körperhaltung wirkt angespannt. »Setzen wir uns.«

Ich gehe mit ihr zum Sofa und warte, bis sie sich ebenfalls gesetzt hat.

Dann frage ich: »Was ist passiert?«

»Du hast gestern Abend ganze Arbeit geleistet, aber wir haben es versaut. Das Sicherheitssystem von DayBreak ist neuartig und ausgereifter als gedacht. Die haben zurückgeschlagen, bevor wir auch nur deren erste Firewall überwinden konnten.«

»Dann versucht es eben nochmal.« Ich verstehe nicht, wo das Problem ist. East, Jess, Terra und Cyph sind als Hacker zusammen unschlagbar.

»Es gibt genaugenommen sogar zwei Probleme: Zum einen hat Cyph heute Morgen den Chip entfernt, was bedeutet, dass wir gar keinen Zugriff mehr auf den Wagen haben.«

»Warum hat er das gemacht?«

Etwa aus Rache? Will er jetzt die ganzen *Bones* sabotieren, weil er ein Problem mit mir hat?

»Weil sie kurz davor standen, uns zu orten. Sie haben den Chip umgedreht und als Waffe gegen uns verwendet. Er hätte sie geradewegs zu uns geführt, wenn Cyph nicht so schnell gewesen wäre und ihn zerstört hätte.«

Ich verziehe das Gesicht und versuche mir auszumalen, was das bedeutet hätte.

»Cyph ist ein Dickkopf«, fährt sie fort. »Als er gemerkt hat, dass er mit seinem Fingerabdruck einfach in den Wagen kommt, weil Strykers Sicherheitssysteme anscheinend zusammenhängen, hat er kurzerhand versucht, den SolarStorm auf die herkömmliche Art zu stehlen. Er dachte wohl, er könnte ihn geradewegs zu uns fahren.«

Das sieht Cyph ähnlich. Er gibt nie auf. Wenn es auf die eine Art nicht klappt, versucht er es eben anders. Dabei macht er manchmal unüberlegte Sachen.

»Aber es hat nicht funktioniert«, mutmaße ich.

»Nicht nur, dass das Fingerabdruckfeld blockiert hat, dabei musste er auch noch feststellen, dass sich das Security-System verändert hat. Wie soll ich das erklären?«

Ich zucke ratlos mit den Schultern. Alles, was mit PCs zu tun hat, ist für mich Zauberei.

»DayBreak hat nicht nur *ein* Sicherheitssystem für seine Autos, das wir Stück für Stück knacken könnten – sofern unsere Computer irgendwann wieder funktionieren. Sondern es gibt mehrere. Zwei, drei, vielleicht Dutzende. Immer, wenn wir einen Angriff auf eins der Systeme starten, fährt ein neues hoch. Die Systeme sind untereinander nicht verbunden, sondern jedes funktioniert als selbstständiger Kreislauf. So ist es praktisch unmöglich, dass wir uns langsam rantasten.

Entweder wir knacken ihren Hauptserver und legen damit alle Systeme auf einen Schlag lahm oder wir können den Job vergessen.«

»Das klingt wirklich nicht gut«, gebe ich zu. »Gibt es keine andere Möglichkeit?«

»Na ja, die gäbe es schon …«, beginnt Jess zögerlich. Sie wirkt nicht gerade glücklich, als sie weiterredet. »Wenn wir wüssten, wie das Sicherheitsnetzwerk von DayBreak aufgebaut ist, wäre es leichter, es zu knacken.«

»Und wie finden wir das raus?«

»Es muss irgendwo Aufzeichnungen dazu geben. Einen Prototypen vielleicht. Eine Festplatte, auf der was zur Funktionsweise gespeichert ist – irgendetwas, das uns hilft, sein System zu durchschauen.«

»Okay …« Ich nicke und sehe sie an. »Ich halte die Augen auf. Wenn es irgendwo so etwas gibt, werde ich es finden.«

»Lielle.« Jess nimmt meine Hände und erwidert meinen Blick. »Es war mir klar, dass du das sagen würdest. Aber ich will, dass du das volle Risiko kennst. Bevor du einwilligst, solltest du wissen, dass es möglich ist, dass Stryker dich durchschaut hat.«

Das ist mir klar. Eine Attacke kurz nach meinem Auftauchen ist verdächtig. Aber ich glaube, dass ich ihn ganz gut in der Hand habe. Vorhin, als er mich hier abgesetzt hat, habe ich gemerkt, wie schwer es ihm fällt, mich gehen zu lassen. Er mag mich. Mehr als das. Das spüre ich.

»Ich glaube nicht, dass er das hat. Und selbst wenn.«

»Nein, nicht selbst wenn.« Jess lässt mich los und holt ihr Handy raus. »Cyph hat dir erzählt, was mit Phoebe Thornton passiert ist?«

Ich nicke und spüre, wie meine Wut auf Cyph neu aufflammt. Jess soll nicht auch noch mit diesen Schauermärchen anfangen.

»Wir fürchten, dass mehr dahinter steckt als ein bloßer Unfall.«

Na toll. Als hätten wir nicht genug Probleme, hat Cyph die anderen jetzt auch noch mit seiner irrsinnigen Theorie angesteckt.

»Hör zu, ich weiß, dass ihr nur das seht, was in der Zeitung steht, aber ich kenne Zac mittlerweile ein bisschen. Er ist kein Mörder. Ich glaube, dass er Phoebe wirklich geliebt hat und unter dem leidet, was passiert ist. Das hat man ihm deutlich angemerkt, als wir gestern in der Wohnung waren, in der er mit ihr gelebt hat.«

Jess mustert mich nachdenklich. »Du magst ihn, oder?«

Ich atme durch. Was sage ich jetzt? Ich bin mir ja selbst nicht einmal sicher, was das zwischen mir und Zac ist. Mehr als ein Job, ja. Und ich mag ihn tatsächlich. Außerdem finde ich ihn ziemlich anziehend. Aber ist das alles oder steckt mehr dahinter?

»Ich will ehrlich zu dir sein«, beginne ich. »Du kennst ja meine Meinung über Männer und deren Verlässlichkeit, aber trotzdem spüre ich schon seit einer Weile, dass ich gern jemanden an meiner Seite hätte. Einen wirklichen Partner, eine zweite Hälfte, so wie ...«

Ich sehe Jess bezeichnend an und sie lächelt leicht. Ich glaube, sie weiß selbst, dass das, was sie mit East hat, etwas ganz Besonderes ist. Seelenverwandtschaft, wenn man an so etwas glaubt. Darum brauche ich es nicht auszusprechen.

»Ich dachte, Cyph wäre der Richtige dafür. Er hat mich so sehr in seinen Bann gezogen, dass meine eigenen Gefühle mir am Ende Angst gemacht haben. Ich war an einem Punkt, an dem ich eins genau wusste: Wenn ich jetzt noch einen Schritt weitergehe, dann gehören wir einander mit Haut und Haaren. Und damit fingen die Gedanken an. Was, wenn ich ihn verliere? Wenn er mich betrügt? Das hätte ich nicht überstanden, also habe ich ihn verlassen und dann ...« Ich zucke mit den Schultern. »Du weißt ja selbst, was passiert ist. Und dann kam Zac.«

Jess runzelt die Stirn, unterbricht mich aber nicht.

»Er ist toll«, sage ich. »Er ist genau die Art von Mann, die ich nach der Pleite mit Cyph brauche. Er weiß, was er will, aber bei ihm schaffe ich es, mich zu widersetzen, wenn es darauf ankommt. Er kann mich mit sich reißen und wir können schöne Dinge erleben, ohne dass es mich gleich vollkommen überwältigt. Ohne dass es mir den Boden unter den Füßen wegreißt und ich Angst vor meinen eigenen Gefühlen bekomme. Unter anderen Umständen ...« Ich breche ab und schüttle den Kopf. »Ich werde die *Bones* nicht hängenlassen. Egal, was kommt. Es wäre nur gut, falls es machbar ist, wenn er nicht erfährt, dass ich hinter der ganzen Sache stecke. Das ist alles.«

Jess sagt einen Moment lang gar nichts und ich denke, ich weiß, wieso. Normalerweise gelte ich eher als undurchschaubar. Auch wenn wir *Bones* uns alle nahestehen, kommt ein solcher Seelenstriptease bei mir eher selten vor.

Doch schließlich streicht sie mir über den Arm und erwidert: »Wir möchten auch nicht, dass du auffliegst, das ist doch klar. Trotzdem muss ich dich warnen, wenn du den Job weitermachen möchtest.«

»Er hat Phoebe nicht umgebracht, Jess.«

»Sieh dir einfach nur an, was wir gefunden haben. Und dann entscheide.«

Sie hält mir ihr Handy hin und ich denke zuerst, es ist wieder dieser blöde Zeitungsbericht. Dann erkenne ich, dass auf dem Display ein viel schlichteres Dokument zu sehen ist und ich nehme es.

Mein Puls beschleunigt sich leicht, als ich zu lesen beginne. Es ist ein Polizeibericht über Phoebe Thorntons Tod. Darin steht, dass das Sicherheitssystem des Solar-Blast einen Fehler aufwies. Die Bremsen blockierten und der Wagen kollidierte mit einem Bagger. Anscheinend war das Sicherheits-System damals noch nicht halb so ausgereift wie heute.

»Das bedeutet doch nichts ...«

»Das allein nicht. Fehler passieren, vor allem bei neuartigen Technologien.« Jess nimmt mir das Handy aus der Hand und ruft ein neues Foto auf. »Aber das hier ist eindeutig.«

Ich schaue aufs Display und erkenne, dass diesmal Kontoauszüge darauf abgebildet sind. Genauer gesagt sind es Kontenbewegungen zwischen DayBreak und der örtlichen Polizeibehörde. Die erste Überweisung von DayBreak an die Polizei hat einen Tag nach Phoebes Tod stattgefunden. Eine verdammt großzügige Summe, wie ich feststellen muss.

»DayBreak hat Schweigegeld bezahlt?«, entfährt es mir.

Jess nickt. »Ja. Nur deshalb ist der Vorfall wie ein Unfall behandelt worden. Du musst also verdammt vorsichtig sein, Lielle. Jemand hat da was zu vertuschen versucht. Möglicherweise ist dein Zac ein kaltblütiger Mörder.«

Zachary

Elles Körper ist der Wahnsinn. Sie räkelt sich in einem sündigen Einteiler vor mir, der die Bezeichnung Badeanzug nicht verdient. Er scheint fast nur aus drei plissierten Satinstreifen zu bestehen, die über die Hüfte und beide Brüste verlaufen. Unter dem Bauchnabel werden sie von einer goldenen Spange mit schwarzen Steinen zusammengehalten.

Auch wenn der Stoff kaum etwas bedeckt, sieht Elle darin aus wie eine Göttin.

Ich bin froh, dass sie hier ist. Nachdem sie die letzte Nacht bei sich verbracht hat, hat sie sich heute Morgen von mir überreden lassen, herzukommen. Ich habe sie persönlich abgeholt, weil ich meinem Chauffeur verständlicherweise nicht mehr vertraue.

Gerade vergnügt er sich mit meiner Schwester oben am Pool, weshalb wir uns an den Indoorpool verzogen haben. Zu gerne wüsste ich, welche Rolle Sophie in der ganzen Angelegenheit spielt. Nicht, dass ich meiner Schwester grundsätzlich nicht vertrauen würde. Wahrscheinlich ist sie einfach nur auf den falschen Kerl hereingefallen. Gestern habe ich versucht, sie vor Chris zu warnen, ohne zu viel zu verraten. Weder sie noch mein Vater müssen von dem Hackangriff erfahren. Doch Sophie ist fast noch sturer, als ich es bin und wollte von meinen Ratschlägen natürlich nichts hören.

»Warum so nachdenklich, Zac?« Elle mustert mich und ich kann nicht anders, als in ihre ausdrucksstarken Augen zu schauen.

Sie hat sich überreden lassen, auch heute nicht im Club zu arbeiten. Ich hoffe, dass sie das Strippen bald ganz aufgibt. Zwar kommt sie mir nicht vor wie eine Frau, die ihre Selbstständigkeit so ohne Weiteres an den Nagel hängt. Aber wir werden schon etwas anderes für sie finden. Wer weiß, vielleicht kann sie ihren Schulabschluss nachholen und dann irgendetwas studieren. Klug genug ist sie mit Sicherheit. Und sie hat ein gutes Gespür.

»Es gab ein paar Probleme im Büro. Nichts, wovon ich mir den Tag verderben lassen sollte.« Ich greife nach meiner Margarita, trinke einen Schluck und stelle fest, dass das ganze Salz ins Glas gelaufen ist.

Elle lacht. »Dein Gesicht!«

Jetzt muss ich auch grinsen. Sie schafft es, einen mit ihrer Art aufzumuntern, auch wenn sie dabei gleichzeitig immer noch etwas distanziert ist. Das lässt sie gerade so echt wirken. Dass sie sich mir nicht an den Hals wirft, wie es die Mädchen sonst tun. Vielleicht bin ich aber auch einfach zu betrunken. »Das ist wirklich widerlich.«

Elle hebt eine Augenbraue. »Beleidigt man denn den Barkeeper?« Sie schwingt die Beine von ihrer Liege und nimmt mir mein Glas ab. »Ich mache dir eine neue. Und diesmal trinkst du sie direkt, verstanden?«

»Klar und deutlich.« Ich sehe Elles Hintern nach, als sie am Beckenrand entlangläuft und auf die Tiki-Bar zusteuert, die sich auf der anderen Poolseite befindet. Dann verschwindet sie hinter den Tresen und macht sich daran, uns einen weiteren Drink zu mixen.

Ich lehne mich zurück und starre nach oben, sehe mir die tausend Sterne an, die über mir funkeln. Sie sind nicht echt, so wie oben in meinem Schlafzimmer. Aber dafür kann man sie auch bei bewölktem Himmel genießen. Die Sterne über dem Pool werden mit einem Beamer an die Decke geworfen und bilden die Milchstraße ab. Langsam wandern sie über das Firmament, sodass man die Veränderung nur wahrnimmt, wenn man ganz genau hinsieht.

Zumindest sollten sie langsam wandern. Doch jetzt gerade werden sie immer schneller, stieben an manchen Stellen auseinander und schieben sich an anderen zusammen.

»Was hat das zu bedeuten?«, flüstere ich und richte mich ein Stück auf.

Ich sehe weiter zur Decke hoch und erkenne, dass die Sterne Buchstaben bilden. Zuerst ein M, dann ein Ö und ein R ...

Nervös fahre ich mir mit der Zunge über die Lippen und sehe kurz zu Elle hinüber, die gerade dabei ist, die

Cocktails einzuschütten. Als ich wieder hinauf zur Decke blicke, steht dort:

M Ö R D E R

»Das ist nicht möglich.« Ich stehe auf, weiß aber nicht, was ich dagegen tun soll, dass dort dieses Wort an der Decke steht.

Vielleicht kann ich unter einem Vorwand den Beamer ausschalten gehen.

»Setz dich wieder, ich kann die zwei Gläser allein tragen«, ruft mir Elle zu und ich nehme widerwillig Platz.

Sie darf die Projektion bloß nicht sehen. Was soll sie denn dann denken?

»Du musst dich auch mal bedienen lassen, Zac«, sagt Elle und kommt näher.

Ich sehe ihr entgegen, um ihren Blick bloß nicht nach oben zu lenken. Sie reicht mir eines der Gläser und stößt mit mir an, wobei sie mir tief in die Augen sieht.

»Danke, Elle.«

Bitte, bitte sieh nicht nach oben.

»Gern.« Sie lächelt und setzt sich auf ihre Liege, trinkt einen Schluck. Dann lehnt sie sich zurück und ihre Augen streifen die Decke. Sie schließt die Lider und seufzt.

Was …? Das kann doch …?

Schnell sehe ich zum künstlichen Himmel, der jetzt wieder normal zu funktionieren scheint. Die Sterne bilden keine Buchstaben mehr.

»Ich muss mal kurz …« Ich räuspere mich. »Bin gleich zurück.«

Elle sieht mir irritiert nach, sagt aber nichts.

Ich muss mit George Vines reden.

Ich fliehe aus dem Poolbereich und die mit Teppich bezogenen Stufen nach oben. Im Wohnzimmer leuchtet mir das Wort MÖRDER von der Digitalanzeige des Blu-ray-Players aus entgegen. Von dort, wo eigentlich die Uhrzeit stehen sollte.

Verliere ich jetzt den Verstand?

Ich eile die Treppe hoch und bin nicht überrascht, dass mir auch hier jedes Gerät diese verhängnisvollen sechs Buchstaben entgegen schreit. Mein Wecker. Das Thermostat im großen Badezimmer. Sogar der kleine Schwarz-Weiß-Bildschirm des Laufbands in meinem Fitnessraum.

Ich fasse mir mit beiden Händen an den Kopf und versuche Ruhe zu bewahren. Es ist nur der Alkohol, der mich Dinge sehen lässt, die gar nicht da sind, rede ich mir ein. Doch ich weiß es besser.

Mit zitternden Fingern greife ich nach dem Telefon, auf dessen Datumsanzeige ebenfalls sechs Buchstaben aufblinken.

MÖRDER.

Hastig wähle ich Vines Nummer. Er muss einen Ausweg aus diesem Albtraum kennen.

Lielle

Mein Herz rast und Unmengen an Adrenalin strömen durch meine Venen. Die Sache mit der Projektion war gewagt. Es hätte sein können, dass Zachary ganz anders darauf reagiert. Dass er ausrastet. Wenn er wirklich zu töten bereit ist, wäre alles möglich.

Doch stattdessen läuft er nur raus.

Gut so.

Ich stehe leise auf und folge Zac mit ein bisschen Abstand nach oben. Im Gang zu seiner Bürotür bleibe ich stehen und lausche, doch das Blut pulsiert so laut in meinen Ohren, dass ich ihn nicht verstehen kann. Vorsichtig schleiche ich näher heran.

Auch wenn Jess und ich uns diesen kleinen Angriff, den sie von dem Laptop in meinem Apartment aus vorbereitet hat, ausgedacht haben, um die Wahrheit herauszufinden, fürchte ich mich jetzt vor dem, was ich dabei erfahre. Was ist, wenn Zac wirklich jemanden auf dem Gewissen hat? Nein, nicht jemanden. Sondern die Frau, die ihm am meisten bedeutet haben sollte, die ihm vertraut hat. Seine Verlobte.

Ich sage mir, dass ich ruhig bleiben muss. Seit Jess' gestrigem Besuch weiß ich von dem Risiko, dass Zac ein Mörder sein könnte. Entweder erfahre ich jetzt, dass es tatsächlich so ist und kann die nötigen Vorkehrungen treffen, um für meine eigene Sicherheit zu sorgen. Oder ich stelle fest, dass alles ein Irrtum war.

So oder so wird es besser sein als diese Ungewissheit, also kann ich eigentlich nur gewinnen.

Aber warum fühlt es sich dann nicht so an?

»Vines? Hier ist Zac Stryker«, ertönt es aus dem Büro und ich halte den Atem an. »Es gibt Probleme.«

Ich bete, dass er es nicht sagt. Dass er es nicht zugibt. Doch dann höre ich seine nächsten Worte und die lassen keinen Zweifel zu.

»Es ist wegen Phoebe. Jemand weiß Bescheid.«

Mir schnürt es die Kehle zu.

Das darf einfach nicht sein.

Zachary Stryker darf kein Mörder sein.

Ich spüre, wie mir Tränen in die Augen steigen und mir wird bewusst, dass ich in diesen Job viel zu viele wahre Gefühle investiert habe. Dass ich Zac wirklich mag. Mochte. Oder was auch immer.

»Ich habe schon jemanden in Verdacht. Bestimmt arbeitet er für jemanden, der uns wegen des Vorfalls erpressen will.« Zacs Stimme klingt nervös und aufgeregt. »Wenn die uns nicht erpressen, sondern ruinieren wollen – Ich bin ruhig.«

Zac schweigt einen Moment, wahrscheinlich, als die Person am anderen Ende der Leitung redet, dann spricht er weiter.

»Gut, aber kümmern Sie sich schnell darum. Ich kann es nicht gebrauchen, dass Phoebe wieder Thema wird. Gerade jetzt nicht. Gut. Danke.«

Die letzten Worte kriege ich nur noch am Rande mit, denn ich mache mich bereits auf den Weg zurück zum Pool.

Ich lasse mich auf meine Liege sinken und versuche, weiterhin absolut entspannt zu wirken. Doch in Wahrheit würde ich am liebsten wegrennen. Mit klopfendem Herzen warte ich darauf, dass Zac zurückkommt. Es dauert keine zwei Minuten, bis ich seine Schritte höre. Dann taucht er im Poolbereich auf, ein Lächeln auf den Lippen, als wäre rein gar nichts vorgefallen.

»Tut mir leid«, sagt er. Mehr nicht.

»Ist schon gut.« Ich sehe ihm zu und versuche zu ergründen, was in ihm vorgeht, doch er lässt sich rein gar nichts anmerken.

Er setzt sich auf seine Liege, wendet sich mir zu und zögert einen Moment, ehe er fragt: »Elle?«

»Ja?« Ich hoffe, dass meine Stimme nicht so nervös klingt wie seine eben.

Tausend Gedanken rasen durch meinen Kopf. Wie verrückt ist er? Wird er mir jetzt vielleicht alles beichten und darauf hoffen, dass ich trotzdem bei ihm bleibe?

Zac greift nach meinen Händen und sieht mir in die Augen. Seine Finger fühlen sich warm an und sein Blick ist derselbe wie immer. Auf eine Art bewundernd, die die meisten Männer nicht hinbekommen würden, ohne wie vollkommene Schleimer zu wirken.

»Diese Sache mit uns ...«, sagt er schließlich. »Ich würde sie gerne vertiefen.«

Er würde gerne was?

Keine Ahnung, womit ich gerechnet hatte, aber damit ganz sicher nicht. Sogar ein Mordgeständnis wäre mir in diesem Moment logischer erschienen. Gerade eben hat er erfahren, dass ganz offensichtlich jemand sein dunkles Geheimnis kennt und ihm fällt nichts Wichtigeres ein, als mit mir über das zu sprechen, was zwischen uns ist?

Das wolltest du doch auch, schreit ein Teil von mir.

Lauf weg, solange du noch lebst, brüllt mich ein anderer, weitaus lauterer an.

»Vertiefen«, bringe ich hervor.

Zac streicht mit den Daumen über meine Fingerknöchel. »Ich mag dich wirklich und ...« Er sieht sich um, dann wieder zu mir. »Kann ich dir vertrauen, Elle?«

O Scheiße. Jetzt hat er mich durchschaut.

»Vertrauen«, wiederhole ich, um Zeit zu schinden.

Zac nickt. »Ich weiß, dass du gerne in diesem Club arbeitest, aber ...«

Ach, darum geht es also. Er stellt Besitzansprüche. Ist eifersüchtig. Ob das auch der Grund war, aus dem er Phoebe um die Ecke gebracht hat? War sie ihm nicht vertrauenswürdig genug? Hat sie vielleicht einen anderen Mann angesehen oder zu viele Freiheiten gewollt? Möglicherweise hat es etwas in ihm ausgelöst, dass unsere kleine Attacke ihn gerade eben an sie erinnert hat.

»Du möchtest, dass ich dort aufhöre«, stelle ich fest.

Zac verzieht das Gesicht. »Würdest du? Ich ertrage den Gedanken nicht, dass du –«

»Ssh.« Ich lege Zac einen Finger auf die Lippen, bevor ich sie mit meinen verschließe.

Dann küsse ich ihn und hoffe, dass das vorerst Antwort genug ist.

Nach dem, was ich gerade erfahren habe, kann es für unsere Geschichte nur noch ein Ende geben und das sieht vor, dass ich meinen Job erledige und aus seinem Leben verschwinde.

Bis es so weit ist, wird es allerdings leichter sein, wenn ich mich auf seine guten Seiten einlasse und die schlechten so weit wie möglich verdränge.

Während wir uns küssen, fällt mir das nicht sonderlich schwer, denn Zac ist einfach ein verdammt guter Küsser.

Doch als er seine Lippen irgendwann von meinen löst und mir in die Augen sieht, überzieht dennoch ein Schauer meinen Rücken.

»Elle.« Zac legt mir eine Hand ins Gesicht und streicht mir sanft über die Wange. »Ich weiß, ich habe dich ziemlich vereinnahmt in den letzten Tagen. Trotzdem habe ich schon wieder eine Bitte an dich. Mein Vater hat heute Geburtstag und ich würde mich freuen, wenn du mich zu der Feier begleiten würdest.«

Eine Geburtstagsfeier. Ausgerechnet bei Jonathan Stryker. Das könnte meine Chance sein, an die Infos zu kommen, die die *Bones* brauchen.

»Natürlich. Gerne«, presse ich hervor.

Auch wenn immer noch ein großer Teil von mir nach Flucht schreit.

Lielle

»Er hat es zugegeben, Jess«, zische ich ins Handy, während ich in meinem begehbaren Kleiderschrank stehe und nach dem passenden Kleid für den Geburtstag suche. »Er hat gesagt, dass irgendwer über Phoebe Bescheid weiß und ihn jetzt vielleicht damit erpressen will.«

»Bist du dir immer noch sicher, dass du die Sache durchziehen willst?«

Bin ich das?

Ich horche in mich hinein. Meine Jobs waren noch nie vollkommen ungefährlich. Doch mich unmittelbar auf einen Mörder einzulassen, erscheint mir eine ganze Spur heftiger als alles, was ich zuvor gemacht habe. Trotzdem nicke ich mir selbst im Spiegel zu. Ich will die anderen nicht enttäuschen. Und mich selbst auch nicht.

»Cyph covert mich, also wird schon nichts passieren, oder wie sagt ihr immer so schön?«

»Trotzdem, Lielle. Wenn dir etwas komisch vorkommt, wenn du auch nur den leisesten Verdacht hast, dass er dich durchschaut, dann mach, dass du da wegkommst.«

»Versprochen.«

Ich nehme ein rotes Cocktailkleid vom Bügel und halte es mir an.

Es wird Zac gefallen.

Doch anders als zuvor fehlt im Augenblick bei diesem Gedanken das Kribbeln in meinem Bauch. Der Gedanke an Zac löst nur noch Unbehagen in mir aus.

»Lielle?«

»Ja?«

»Hast du mir zugehört?«

Habe ich? Ich zögere.

»Ich wollte von dir wissen, wie es dir geht. Jetzt, wo du es weißt. Ich meine ...«

Ich bin verdammt froh, dass ich Jess habe. Sie ist die einzige Person, die sich wirklich in meine Lage versetzen kann. Sie weiß, wie es ist, zwischen zwei Männern zu stehen. Von dem einen besessen zu sein, ohne ihn haben zu können. Und von dem zweiten, in den sie so viel Hoffnung gelegt hatte, bitter enttäuscht zu werden.

Doch als ich in mich hineinhorche, erlebe ich eine Überraschung.

»Es geht mir ganz gut«, sage ich wahrheitsgemäß.

Und es stimmt.

Die Aufregung gehört zu jedem Job dazu. Aber jetzt, wo ich weiß, woran ich bin, kann ich meine Emotionen für Zac abschalten. Darin war ich schon immer gut. Menschen auf Abstand halten, die mir etwas bedeuten und die mich verletzen könnten. Sie so lange oder so heftig von mir stoßen, bis sie mir wirklich egal sind.

Es ist mir immer gelungen. Bis auf einmal – und die Ausnahme hört auf den Namen Cyph.

»Haltet euch einfach für den Notfall bereit. Und bekommt das System wieder in den Griff. Alles andere mache ich schon.«

»Verstanden«, sagt Jess. »Pass auf dich auf.«

Ich versichere ihr, dass ich das tun werde, verabschiede mich und fange an, mich für die Party zu stylen.

Lielle

Zac hat mich schon wieder persönlich abgeholt, was mich wundert. Wer weiß, vielleicht hat Cyph den Job schon wieder verloren. Wir haben seit unserer Begegnung in der Wohnung am Scotsman's Hill nicht mehr miteinander geredet. Andererseits hätte mir Jess wohl gesagt, wenn er gefeuert worden wäre.

Als wir in der Penthouse-Suite ankommen, in der Jonathan Stryker seinen Geburtstag feiert, wird mir klar, dass Cyph heute wohl frei hat. Er ist mit Sophie hier und beide unterhalten sich lachend mit ihrem Vater.

Zac legt einen Arm um meine Hüfte und führt mich auf Jonathan zu. Ich sehe mich um und stelle fest, dass die Suite ähnlich eingerichtet ist wie Zacs Haus. Das Licht ist gedimmt und es läuft leise Musik, was mich eher an ein Bankett als an eine Party denken lässt.

Unter den Gästen, die herumstehen, sich unterhalten und Aperitifs schlürfen, entdecke ich ein paar, die auch bei der Präsentation waren.

»Vater«, sagte Zac, kaum dass wir bei ihm angekommen sind.

Sowohl Sophie als auch Cyph drehen sich zu uns herum.

Sophie mustert uns liebevoll lächelnd – anscheinend freut sie sich für ihren Bruder, dass er das zweite Mal in Folge mit der gleichen Begleitung aufschlägt.

Cyph lächelt ebenfalls, wobei jedoch nicht mehr diese kühle Gleichmütigkeit, sondern ein finsterer Ausdruck in seinen Augen liegt.

»Alles Gute zum Geburtstag.« Zac reicht seinem Vater die Hand. Eine Geste, die mich irritiert. Sie ist so wenig vertraut, dass sie eher zwischen zwei Geschäftsleuten als zwischen Vater und Sohn stattfinden könnte.

»Danke«, sagt Jonathan knapp.

Dann bin ich an der Reihe und gebe Mister Stryker ebenfalls die Hand. »Herzlichen Glückwunsch.«

Er nickt mir zu und dann herrscht für einen Moment unangenehmes Schweigen.

Anscheinend sind Jonathan Stryker die Gespräche mit Zacs Chauffeur lieber als mit seinem eigenen Sohn.

Zac räuspert sich und durchbricht das Schweigen zuerst. »Sophie, ich muss kurz mit dir reden.«

Sophie sieht ihn verdutzt an und ich gebe mich ebenfalls verwundert darüber, was die zwei so Dringendes zu bereden haben. In Wahrheit ist mir klar, dass es um die Projektion geht, um den Hack gegen SolarStorm, um alles, was in den letzten Tagen schiefgelaufen ist. Auf genau so einen Moment habe ich gehofft. Dass Zac die Initiative ergreift, kaum dass wir die Party erreicht haben, macht es nur noch besser.

»Aber klar.« Sophie gibt Cyph einen Kuss. »Lauf nicht weg.«

»Würde mir nicht im Traum einfallen.« Er grinst sie an und ich senke den Blick.

Ein scharfer Stich durchfährt mich, den ich gekonnt ignoriere. »Ich sehe mich in der Zeit ein bisschen um, wenn ihr nichts dagegen habt. Dieses Penthouse ist ein Traum. Allein die Gemälde.« Bewundernd sehe ich zu einem Kandinsky an der Wand, den ich in Wahrheit recht geschmacklos finde.

Ich weiß, dass mein Vorstoß ziemlich dreist wirken muss, doch wenn ich offiziell ankündige, mich umzusehen, wird niemand Verdacht schöpfen, dass ich schnüffeln will. Und sollte ich irgendwo erwischt werden, wo ich nichts zu suchen habe, habe ich mich eben verirrt.

»Sieh dir die Dachterrasse an«, rät mir Zac. »Die Treppe hoch und dann direkt rechtsherum.«

Jonathan blickt seinen Sohn missbilligend an.

»Was ist? Sie wird sich schon nicht in dein Bett legen.«
So ist das also. Oben scheinen sich nicht nur eine Terrasse zu befinden, sondern auch die Privaträume. Gut zu wissen.

Mich wundert nur, dass Jonathan seinen Sohn zwingt, außerhalb der Stadt zu wohnen, während er selbst direkt in Calgary lebt.

»Ich finde mich schon zurecht.«

Zac küsst mich, wie es Sophie vorher mit Cyph gemacht hat und führt seine Schwester dann am Arm weg.

Weil mir Jonathans Anwesenheit nicht behagt, nicke ich ihm kurz entschuldigend zu und mache, dass ich wegkomme.

Ich steuere nicht direkt die Treppe nach oben an, sondern schlendere am Büffet und den großen Fenstern vorbei, bis ich das Gefühl habe, dass Mister Strykers Augen nicht mehr auf mich gerichtet sind. Dann nehme ich die Stufen nach oben, biege nach rechts ab … und werde plötzlich am Arm gepackt und in einen Raum gezerrt. Die Tür wird hinter mir geschlossen und ich stehe auf einmal in totaler Finsternis.

»Zac?«

Jetzt hat er mich durchschaut, schießt es mir durch den Kopf.

»Nein. Schon wieder nicht Zac«, knurrt eine Stimme, die mir so vertraut ist, dass augenblicklich eine Gänsehaut meine Arme überzieht.

»Cyph, was machst du hier?«, zische ich.

»Ich bewahre dich davor, herumzuschnüffeln und erwischt zu werden. Das habe ich nämlich bereits getan und hier gibt es nichts.« Cyph hat immer noch meinen

Arm gepackt und ich spüre seine Körperwärme. Aber das ist nicht alles. Sein harter Griff, die Art, wie die er mich festhält ...

Es fühlt sich an, als würde er mich nie wieder loslassen wollen. Und ich hasse es, wie sehr mir das gefällt. Wie sehr ich es brauche.

Aber ich zwinge mich, mich zusammenzureißen.

»Wieso musst du dich in alles einmischen?« Ich will mich wütend anhören, aber es klingt nur resigniert. »Glaubst du, ich schaffe das hier nicht ohne dich? Dein Job ist es, dich rauszuhalten, bis ich dich um Hilfe bitte oder etwas Schwerwiegendes passiert, Cyph!«

»Es ist doch schon was Schwerwiegendes passiert, du hast was mit einem Killer.«

»Du weißt ganz genau, was ich meine!«

Ich versuche, mich loszureißen, doch ich habe keine Chance und es macht mich wahnsinnig, dass ich Cyph nicht sehen kann.

»Gibt es hier keinen Lichtschalter?!«, fahre ich ihn an.

»Pschscht, nicht so laut.« Er drängt mich gegen die Wand und ich lasse es geschehen. Dann nimmt er meine freie Hand, presst sie gegen etwas Glattes, Kühles hinter mir, und im nächsten Moment geht das Deckenlicht an.

Schnell sehe ich mich um und stelle fest, dass wir uns in einer kleinen Sauna befinden.

Na toll.

Das mit Cyph und mir begann einst in einer Sauna. Genaugenommen in der Privatsauna von Easts Familie. Es war Abend, wir waren gerade von unserem alten Clubhaus in die Villa gezogen und ich fühlte mich irgendwie verloren in dem riesigen Bau. Also suchte ich mir den kleinstmöglichen Raum und versuchte mich einfach nur zu entspannen. Ich schloss die Augen – und als ich sie wieder öffnete, saß mir Cyph gegenüber.

Wie ich war er nackt. Das war nichts Besonderes. Wir waren seit Jahren in derselben Gang und schon zahllose Male nackt in dem See geschwommen, an dem unser altes Clubhaus lag. Er wusste, wie ich aussah und mir ging es genauso, was ihn betraf.

Doch an jenem Abend war alles anders. Es fühlte sich an, als würden wir einander zum ersten Mal wirklich sehen.

»Hi«, sagte ich.

»Wie ist es da drüben auf deiner Seite?«, fragte er.

»Weiß nicht. Komm rüber und finde es heraus, wenn du dich traust.«

Er lächelte auf diese ganz bestimmte Art.

Und damit fing alles an. Und es war perfekt, bis ich ihm sagte, dass es nichts Besonderes sei.

Ich blicke zu Cyph auf, der trotz meiner hohen Schuhe noch größer ist als ich. Heute Abend trägt er einen Anzug und sein dunkles Haar ist perfekt gestylt. Dennoch sieht er hundertmal verwegener aus als Zac. Gefährlicher.

»Du stehst neben dir bei diesem Job«, wirft er mir vor.

»Kannst du dir nicht denken, woran das liegt?«

»Zac Stryker?«

Ich verdrehe die Augen, dann versuche ich erneut, meinen Arm aus seinem Griff zu befreien. »Zac Stryker hast du mir versaut. Auch wenn ich finde, das hätte Zeit bis nach dem Deal gehabt!«

»Nein, hätte es nicht.«

Ich funkle ihn an. »Ach, und wieso nicht? Um es mir noch schwerer zu machen?«

Cyph erwidert meinen Blick. Er steht so dicht vor mir, dass ich mir einbilde, den ruhigen festen Schlag seines Herzens hören zu können. »Weil ich es nicht ertrage, zuzusehen, wie du dich in ihn verliebst.«

Immer noch funkle ich ihn an, doch ich spüre selbst, wie der Zorn in meinem Blick langsam erlischt.

Cyphs offene Worte nehmen mir den Wind aus den Segeln, auch wenn es mir nicht gefällt. Ich will wütend sein, ihn von mir stoßen, wie ich es schon mal getan habe. Aber gleichzeitig möchte ich nicht zweimal denselben Mist bauen.

»Ich habe mit dir Schluss gemacht«, sage ich darum nur, leise und unbestimmt.

»Das war ein Fehler.«

Ich senke den Kopf, damit er nicht sieht, dass Tränen meine Augen füllen. Denkt er, das weiß ich nicht? Ich habe es unzählige Male bereut, bevor er …

Cyph hebt mein Kinn an, lässt nicht zu, dass der Bann bricht. »Maria Sanchez war auch ein Fehler«, sagt er leise.

Ein kurzer Schauer überläuft mich, als ich spüre, wie sich zwischen uns abermals alles verändert. Vielleicht liegt es an der Wahrheit über Zac. Sie hat meinen Geist geklärt und die Sorgen, die Cyph sich um mich macht, scheinen dasselbe mit seinem Verstand getan zu haben.

Ganz automatisch hebe ich die freie Hand und lege sie auf seine Brust, um ihn ein bisschen zu spüren, ein bisschen von dem zurückzubekommen, was wir hatten.

»Wir hätten kämpfen müssen, wir beide«, erwidere ich ebenso leise.

»Das tun wir doch«, sagt Cyph.

Ich blicke ihn überrascht an, doch er lässt mich nicht mehr zu einer Antwort kommen. Stattdessen beugt er sich zu mir hinunter, lässt endlich meinen Arm los, um mein Gesicht in seine Hände zu nehmen und verschließt meine Lippen mit einem Kuss.

Sofort spüre ich, wie etwas in mir zum Leben erwacht. Etwas, das sich beleidigt in eine Ecke zurückgezogen hatte, als ich Cyph mit Maria Sanchez sah. Mein Stolz, mein Kampfgeist, die mich in diesem Moment dazu bringen, Cyph am Kragen zu packen und ihn dicht an mich zu ziehen.

Sicher, wir könnten es fürs Erste dabei belassen. Bei einem kleinen ersten Kuss nach unserer Trennung, der uns zeigt, dass es vielleicht doch noch eine Chance für uns gibt. Aber das wären nicht wir. Wir wären nicht Cyph und Lielle, wenn der Funke zwischen uns nicht sofort zu einem Feuerwerk anwachsen würde.

Cyph fährt mit beiden Händen über meine Kurven und vertieft unseren Kuss bereitwillig, sobald ich die Lippen für ihn öffne. Die Art, auf die seine Zunge mit meiner spielt, lässt mich Sterne sehen. Es fühlt sich an, als wäre Cyph ein Teil von mir und je näher ich ihn bei mir spüre, desto vollständiger bin ich.

Ich zerre das Hemd aus seiner Hose, lasse meine Hände über seinen muskulösen Rücken gleiten und er greift mir ins Haar, ruiniert meine Frisur, während sein Kuss immer leidenschaftlicher wird.

Mein ganzer Körper reagiert auf ihn, jede Faser von mir will von ihm berührt, von ihm besessen werden, so wie früher. Mein Unterleib pocht und ich spüre, dass es Cyph nicht viel anders geht, als er mich näher an sich zieht. Am liebsten würde ich mich ihm hier und jetzt hingeben –

Doch Schritte draußen auf der Treppe lassen uns auseinanderfahren.

»Chris?«, fragt eine mir wohlbekannte Stimme.

Sophie, diese Klette.

Ich starre Cyph an und sehe in seinem Blick, was er fühlt.

Für mich, nicht für sie.

Erst jetzt realisiere ich, wie gut er sich die ganze Zeit beherrscht haben muss. Noch einen Moment lang genieße ich es, den wahren Cyph vor mir zu haben. Den Mann, der mir das Gefühl vermitteln kann, ich sei die einzige Frau auf der Welt, auch wenn eine andere gerade nach ihm sucht.

Ich lächle ihn an. Es ist das erste Lächeln seit Wochen, das sich absolut echt anfühlt.

Dann mache ich das Licht aus und wir verhalten uns beide ganz still, während Sophie an der Tür vorbeigeht.

»Chris? Bist du hier oben?«

Wieder sind Schritte zu hören, als sie an der Saunatür vorbei Richtung Dachterrasse geht. Dann das leise Quietschen einer Schiebetür.

Cyph zischt mir zu: »Runter mit dir. Jetzt.«

Er schiebt mich in Richtung Tür.

Ich packe seine Hand und drücke einen Kuss darauf. Dann husche ich aus der Sauna und versuche, wieder Elle zu sein. Aber das ist gar nicht so leicht, wenn man gerade vor ein paar Sekunden aufs Heftigste daran erinnert worden ist, wer man wirklich ist.

Kapitel 7

‚Missing you‘

Lielle

Als ich wieder nach unten komme, habe ich das Gefühl, dass man es mir ansieht. Dass man spürt, was gerade zwischen Cyph und mir passiert ist. Zwar habe ich mich wieder zurechtgemacht, trotzdem fürchte ich, dass Zac etwas merken könnte.

Ich bleibe am Rand der Menge stehen und blicke mich um. Langsam wird es voll. Überall stehen Leute in Anzügen und Designerkleidern herum, starren auf ihre goldenen Smartphones oder führen ihre Markentaschen spazieren. Eine homogene Masse aus luxusversessenen Gesichtslosen.

Doch Zac kann ich nirgendwo entdecken. Eigentlich sollte ich mich darüber freuen, denn so könnte ich mich theoretisch in Ruhe umsehen – wenn Cyph diesen Job nicht schon für mich erledigt hätte.

Cyph.

Augenblicklich schlägt mein Herz ein bisschen schneller. Es war falsch, ihn den ganzen Job über als Konkurrenz zu sehen. Er war nur wegen mir hier, das wird mir langsam, aber sicher klar. Weil er uns trotz allem immer noch als Einheit sieht.

Ich genieße das warme Gefühl, das mich seit unserem Kuss erfüllt. Es ist ein bisschen so, wie wenn man von einer langen Reise zurückkehrt. Nur aufregender.

Ich lasse mir ein Glas Champagner reichen und muss an meine Gang denken. Daran, wie wir *Bones* Geburtstage feiern. Wir sind nicht so wohlhabend wie die Strykers, aber wir haben alle genug Geld. Trotzdem führt sich bei uns niemand so dekadent und steif auf. Partys bei uns sind echter. Lebensnaher. Da fließt auch schon mal der Tequila in Strömen.

Eigentlich liebe ich mein Leben bei den *Bones*. Auch wenn ich es mir die letzten Wochen über selbst schwer gemacht habe. Sie sind meine Familie. Alles, was ich habe.

Und auch wenn es manchmal schmerzt, sind wir alle schonungslos ehrlich.

Hier hingegen wirken alle seltsam aufgesetzt, beinahe gehemmt und als würde ihnen allein das Wissen, dass sie Millionen auf dem Konto haben, genügen, um glücklich zu sein. Doch wenn ich in die einzelnen Gesichter schaue, merke ich schnell, dass sie es nicht sind. Sie stellen etwas dar, von dem sie nicht überzeugt sind. Wenn sie lachen, wirkt es gekünstelt, wenn sie reden, wirkt es unehrlich, wie sie einander mustern, wirkt, als würden sie nur auf einen Fehler ihres Gegenübers lauern.

Ich beneide Zac nicht darum, unter solchen Menschen aufgewachsen zu sein. Vielleicht haben sie ihn erst zum Mörder gemacht mit ihren Ansprüchen, ihrem nie endenden Schauspiel, ihrer Kälte.

Jonathan Stryker ist genau die Art von Vater, der ich es zutraue, seinen Sohn zu einem Mord anzustiften. Wenn ihm die Frau nicht gefällt. Sie nicht seinen Ansprüchen genügt. Oder gefährlich für seine Geschäfte werden kann.

So wie ich.

Aber ist Zachary jemand, der auf so etwas hört? Könnte er Phoebe umgebracht haben, weil sein Vater es verlangt hat?

Möglicherweise hat diese Tatsache zum Bruch geführt und das Verhältnis zwischen ihnen ist erst seit Phoebes Tod so angespannt.

Ob ich das Geheimnis lüften werde, bevor ich aus Zacs Leben verschwinde? Wie groß wird das Trümmerfeld sein, das ich hinterlasse? Können wir danach in Calgary bleiben oder werden wir uns etwas anderes suchen müssen?

Es wäre nicht schlimm, stelle ich fest. Ist doch vollkommen egal, ob wir in Detroit oder hier, in Toronto oder Montreal leben, solange wir nur zusammen sind.

Ich fürchte, Zac Strykers Realität sieht etwas anders aus. Er muss da leben, wo sein Vater es will. In einem goldenen Käfig, der ihn vielleicht in den Wahnsinn getrieben hat.

Ich trete an die riesige Fensterfront und schaue raus, überblicke das Lichtermeer der Stadt.

Es ist nicht meine Aufgabe, mir über Zacs Vergangenheit den Kopf zu zerbrechen, mache ich mir klar. Wir haben nichts gemeinsam. Schon bald wird er nur noch ein abgeschlossener Job für mich sein. Ich muss nur heile aus der ganzen Sache herauskommen.

»Tut mir leid, dass ich dich so lange allein gelassen habe«, flüstert Zacs Stimme hinter mir und ich sehe ihn durch die Spiegelung in der Fensterscheibe an.

Wenn er wüsste, was ich in der Zeit getan habe. Dass ich ihn keine Sekunde lang vermisst habe.

Gleichgültig zucke ich mit den Schultern und versuche ihm so zu vermitteln, dass ich sauer auf ihn bin. Dann habe ich eine gute Ausrede, heute nicht bei ihm zu übernachten.

»Zuerst musste ich mit Sophie reden, dann habe ich dich gesucht und nicht gefunden und dann haben mich meine Geschäftspartner in die Finger bekommen.«

Ich nicke und nippe schweigend an meinem Getränk.

Am liebsten möchte ich direkt nach Hause.

Zwar wäre es kein Problem für mich, zurück in meine Rolle zu kehren, aber etwas hat sich verändert. Nach meinem Kuss mit Cyph kann ich den Gedanken, die Sache mit Zac zu vertiefen, kaum noch aushalten.

Es gab Zeiten, da hätte ich gerade heute, gerade nach so einem Gespräch wie unserem vorhin am Pool, mit der Zielperson geschlafen, um mir endgültig ihr Vertrauen zu sichern.

Aber die Dinge haben sich geändert, das spüre ich deutlich. Sex ist nicht länger nur Sex für mich, mein Körper kein Werkzeug mehr.

Weil nicht nur mein Herz, sondern alles von mir jemandem gehört.

Und dieser Jemand ist nicht Zac.

Unauffällig sehe ich mich um, kann Cyph aber nirgendwo entdecken. Ich kann nur hoffen, dass ich mich nicht in dem täusche, was vorhin zwischen uns war. Dass er ähnlich empfindet wie ich und sich in diesem Moment nicht schon wieder mit Sophie vergnügt.

»Elle ...« Zac legt mir beide Hände auf die Schultern und beginnt mich sanft zu streicheln. »Es ist bescheuert gelaufen, das gebe ich zu. So sind Familienfeiern nun mal. Aber wir können den restlichen Abend doch noch genießen. Wollen wir nach Hause fahren?«

Darauf habe ich nur gewartet.

Allerdings wird ihm nicht gefallen, dass wir in unterschiedliche Zuhause fahren werden.

Cyph

Stryker steht dicht hinter Lielle, seine Finger streichen immer wieder über ihre Schultern und hinunter zu ihrem Schlüsselbein. Sollte er seine Pfoten tiefer in ihren Ausschnitt schieben, weiß ich nicht, was ich tun werde.

Mittlerweile gebe ich Lielle recht. Wir beide im selben Job – das passt einfach nicht.

Anstatt mich darauf zu konzentrieren, dass ich Sophie eigentlich besänftigen wollte, kann ich nicht anders, als Lielle und Stryker anzustarren.

Ich versaue es. Und auch Lielle war schon mal besser in Form.

» ... im Reitstall. Ich meine, Marmor. Im Reitstall! Das muss sich mal einer vorstellen!« Sophie lacht und ich gebe nur ein gemurmeltes »Hmm« von mir, mit dem ich sie schon den ganzen Abend über abspeise.

Ich lehne an der Bar, von der ich mich frage, ob sie fest in Jonathan Strykers Wohnung installiert ist oder extra für den Geburtstag aufgebaut wurde, und taste hinter mir nach meinem Whiskey.

»Falsche Richtung, Liebling.« Sophie schiebt das Glas zu mir hinüber und ich kippe den Inhalt in einem Zug hinunter.

Wieder lacht Sophie.

Worüber denn jetzt schon wieder? Hat sie noch nie jemanden trinken gesehen? Wie kann man denn ausnahmslos alles irgendwie witzig finden?

»Hör mal«, beginne ich und verstumme direkt wieder, als Stryker Lielle einen Kuss in den Nacken drückt und sie an die Hand nimmt.

Ich kneife die Augen ein Stück zusammen, um besser sehen zu können. Sie flüstern einander etwas ins Ohr, dann stellt Lielle ihr Glas auf das Tablett eines Kellners und lässt sich von Zac durch die Menge der Gäste führen.

»Was denn, Chris?«

Ich schüttle den Kopf und starre Stryker und Lielle hinterher.

Sophie schmiegt sich an meine Brust und ich lege beide Arme um sie. Das ist das Mindeste, was ich tun sollte, damit sie mich vielleicht nochmal mit in Strykers Gästehaus nimmt.

»Gar nichts, Süße. Es ist nichts«, flüsterte ich und lasse Stryker dabei nicht aus den Augen.

Hauen die beiden jetzt ohne mich ab? Wieso stellt dieser Affe mich erst als Chauffeur ein, wenn er mich dann nie fahren lässt?

Ich frage mich, ob er Lielle heute wieder in seinem Angeberwagen herumkutschiert. Dieser Typ hat einfach keine Ahnung von Autos. Von dem Gefühl, das einen durchströmt, wenn man das Gaspedal durchdrückt. Stattdessen lässt er sich lieber von seinem Cyber-Wagen fahren. Dass sich so etwas überhaupt Auto nennen darf. Aber es sagt eine Menge über Stryker aus, dass er sich lieber auf seinen Bordcomputer als auf sich selbst verlässt. Mangelndes Selbstvertrauen. Selbst wenn dieser Kerl kein Mörder wäre, wäre er kein Mann für Lielle.

»Bist du sicher, Schatz?«

Ich sehe hinunter zu Sophie und gebe ihr widerwillig einen Kuss aufs Haar. »Ganz sicher. Versprochen. Es ist alles in bester Ordnung.«

Die Lüge geht mir leicht über die Lippen. Einfach, weil mir Sophie nichts bedeutet. Bei Menschen, die mir nahe stehen, fällt mir das Lügen schwerer. Aber heute Abend war ich zu dem Menschen, der mir von allen am wichtigsten ist, absolut ehrlich. Ich kann nur hoffen, dass sie das weiß. Und dass es sie davon abhält, sich heute Nacht in Strykers Bett zerren zu lassen.

Ich ziehe Sophie etwas enger an mich und bekomme gerade noch mit, wie Lielle und Zac die Party verlassen.

Jetzt muss ich schnell sein.

Ich schließe die Tür meines Apartments hinter mir und bin erleichtert. Mit der Tatsache, dass ich das Bett mit einem Mörder geteilt habe, muss ich erstmal klarkommen. Viel von dem, was in den letzten Tagen passiert ist, habe ich meinem verletzten Stolz zu verdanken. Ich wollte diesen Job perfekt machen, aber das war nicht alles. Tagelang habe ich geglaubt und gehofft, dass Zachary Stryker der Mann ist, der zu mir passt. Dass es Schicksal war, das uns zusammengebracht hat. Dass ich die Pleite mit Cyph vielleicht erleben musste, um mich für einen anderen öffnen zu können.

Aber jetzt weiß ich es besser.

Ich habe mich da in etwas verrannt.

Fast muss ich lachen. Ich bin also der Typ Frau, der sich verrennt? Ja, womöglich. Ein Teil von mir wird wohl immer das naive Mädchen aus Indiana bleiben, eine unverbesserliche Träumerin.

Egal, wie kühl und unnahbar ich wirke.

Der zwingende Wunsch, Cyph zu vergessen, hat mir den Verstand vernebelt. Ich wollte mir einfach nicht eingestehen, dass meine Entscheidung falsch war. Und als es mir klar wurde, war es schon zu spät – da hatte Cyph mich bereits auf die größtmögliche Art verletzt.

Aber dieser Kuss vorhin hat alles durcheinandergewirbelt, und schon wieder fange ich an zu träumen. Davon, dass sich das mit uns vielleicht doch noch kitten lässt, dass wir die gegenseitigen Verletzungen vergessen und von vorn anfangen können.

Verrenne ich mich schon wieder?

»Du bist so bescheuert«, zische ich in die Dunkelheit und kicke meine High Heels von mir.

»Ich dachte, du hättest deine Meinung geändert«, sagt eine Stimme vom Sofa aus. Dann erhebt sich eine Silhouette, zeichnet sich vor den Fenstern ab.

Ganz langsam drehe ich mich zu der Gestalt um. Seine Silhouette reicht aus, um ihn zu erkennen.

»Cyph«, sage ich, doch es klingt mehr wie ein Seufzen.

Alles in mir hat gehofft, dass er hier ist. Dass er sich von Sophie losgeeist hat, um zu mir zu kommen. Aber wirklich daran geglaubt habe ich nicht.

Cyph überwindet die Distanz zwischen uns mit wenigen Schritten. »Hast du endlich begriffen, wo du hingehörst?«

Mein Herz klopft so heftig, als wollte es mir aus der Brust springen. Vielleicht ist das Mädchen aus Indiana ja doch nicht so naiv. Vielleicht geschehen die Dinge manchmal auch einfach genau so, wie man sie sich erträumt.

Ich lasse mich von Cyph in seine Arme ziehen. »Woher wusstest du, dass ich hier sein würde?«

»Ich habe einfach gehofft, dass du dich richtig entscheidest.«

Zuerst will ich noch etwas erwidern. Aber ich glaube, dass ich hier und nicht in Zacs Villa bin, ist Antwort genug – genau wie für mich die Tatsache genug ist, dass er hier und nicht bei Sophie ist.

Also schlinge ich kurzerhand die Arme um seinen Hals, stelle mich auf die Zehenspitzen und küsse ihn, als wären wir vorhin gar nicht unterbrochen worden. Genauso leidenschaftlich, genauso tief.

Cyph reagiert sofort auf mich – fast noch heftiger, als ich erwartet hätte. Er löst seine Umarmung, aber nur, um nach dem Ausschnitt meines roten Kleides zu greifen und den dünnen Stoff kurzerhand in der Mitte zu zerreißen.

Ich spüre einen kühlen Luftzug auf meiner Haut, trotzdem zögere ich nicht und streife die Überreste des Kleides ab, während wir uns immer noch küssen.

Cyphs Hände beginnen mich zu erkunden, als hätten wir einander seit Jahren nicht berührt und ich genieße es, seine Haut auf meiner zu spüren, während ich ihm das Jackett ausziehe und mit zittrigen Fingern sein Hemd aufknöpfe.

Cyph dauert auch das zu lange. Kurzerhand reißt er es sich ebenfalls vom Leib und seine Ungeduld macht mich unglaublich an. Mit bebenden Fingern öffne ich seinen Gürtel, dann gehen wir gemeinsam zu Boden und kaum ist er über mir, kaum spüre ich sein Gewicht auf mir, breitet sich ein heftiges Kribbeln in meinem Unterleib aus.

Nein, eigentlich in meinem ganzen Körper.

Atemlos hören wir auf, einander zu küssen. Ich lege den Kopf in den Nacken und versuche, zu Luft zu kommen, während Cyphs Lippen meinen Hals hinunterwandern und er damit einen Schauer nach dem anderen über meine Haut jagt.

Seine Hände befreien meine Brüste aus den dünnen Körbchen des BHs und er muss gar nichts tun, damit meine Nippel sich ihm erwartungsvoll entgegenrecken. Er schließt seine Lippen um meine linke Brustwarze und versieht sie mit einem sanften Biss, während seine Handfläche meine rechte Brust massiert.

»O Gott, Cyph«, flüstere ich, als mein ganzer Körper unter seinen Berührungen erzittert.

Ich glaube, er könnte mich mühelos zum Höhepunkt bringen, indem er einfach nur so weitermacht. Aber das reicht ihm nicht und mir genauso wenig – ich will ihn spüren, voll und ganz, tief in mir.

Also schiebe ich seine Hose und seine Shorts kurzerhand über seinen trainierten Po, lasse meine Nägel über seine Haut gleiten und entlocke ihm damit ein überraschtes Stöhnen.

Ich grabe meine Nägel tiefer in seine Haut und spüre, wie seine Erektion gegen meine Mitte drückt, während er sich mit seinen Lippen meiner anderen Brust widmet, sie umschließt und so heftig daran saugt, dass ich mir fast sicher bin, dass er Spuren hinterlassen wird.

Ich fürchte, das werden wir beide. So ist es bei uns immer. Doch heute Nacht ist es mehr als leidenschaftlicher Sex. Es ist ein Versprechen, eine Absicherung. Denn wenn wir miteinander fertig sind, werden wir uns weder Zac noch Sophie ein weiteres Mal nackt zeigen können, ohne dass sie uns auf die Schliche kommen.

Das heißt, der Rest des Jobs muss über die Bühne gehen, ohne dass wir nochmal einem von ihnen oder überhaupt jemand anderem als einander näherkommen. Und ich hoffe, das gilt nicht nur für diesen Auftrag, sondern für den Rest unseres Lebens.

»Du machst mich wahnsinnig«, keucht Cyph, als ich meine Mitte gegen ihn dränge. Er schiebt seine Hände zwischen sich und mich, zerrt mir das Höschen runter und ich spüre einen Moment lang seine Härte, ehe ich ihn fahrig von mir schiebe.

»Gummi«, bringe ich hervor und will mich unter ihm fortwinden, doch er zieht mich zurück und präsentiert mir eine Kondomverpackung, die er bereits aus der Tasche seiner Jeans gezogen hat.

Ich denke daran, dass dieses Gummi wohl für Sophie gedacht war und werde wütend. Es fühlt sich komisch an, zugleich sauer und dermaßen bereit zu sein. Ich nehme ihm das Kondom ab, kaum dass er die Packung aufgerissen hat und greife nach seiner Erektion, umfasse sie mit festem Griff.

Cyph stöhnt schmerzhaft und auch wenn es fast zu dunkel dafür ist, sehe ich es in seinen Augen blitzen.

»Ich will das nicht mehr«, flüstere ich atemlos, während ich ihm das Kondom überziehe. »Hast du mich verstanden? Ab heute gehörst du voll und ganz mir.«

Cyph löst meine Hand von seiner Härte, packt meine Schenkel, spreizt meine Beine und zieht mich ganz dicht an sich, wobei der Teppich unter mir die Haut an meinem Hintern aufschürft.

»Und du mir«, knurrt Cyph.

Dann halten seine Hände mein Becken fest, seine Spitze schiebt sich zwischen meine Schamlippen und er dringt unfassbar tief in mich ein.

Mein Stöhnen ist fast ein Schrei. Er fühlt sich so gut in mir an. Ich strecke die Arme aus, ziehe ihn enger an mich, will sein Gewicht auf mir spüren, während er mich hart und fordernd zu stoßen beginnt.

Ich schließe die Augen, halte ihn fest, konzentriere mich nur auf ihn. Wie mir das gefehlt hat. Wie richtig es sich anfühlt.

Ich schlinge die Schenkel um seine Hüften, presse meine Beine gegen ihn, damit er noch tiefer eindringt und recke mich ihm entgegen, wann immer er sich ein Stück aus mir zurückzieht, um dann noch heftiger zuzustoßen.

Der Teppich wird, fürchte ich, richtige Brandspuren auf meiner Haut hinterlassen, aber das ist mir egal. Ich will, dass Cyph mich mit allem nimmt, was er hat, und das tut er. Immer wieder dringt er in mich ein, während seine Hände überall an meinem Körper sind. Sie streicheln mich, berühren mich, er vereinnahmt mich voll und ganz und treibt mich mit jeder Sekunde näher an den Höhepunkt.

Ich vergrabe meine Hände in seinem kurzen Haar, als ich spüre, wie sich mein Unterleib beinahe schmerzhaft zu verkrampfen beginnt. Meine Mitte pocht heftig und das Kribbeln, das Cyph mir verursacht, wird beinahe unerträglich.

»Ich liebe dich, Lielle«, flüstert er, während er ein letztes Mal in mich dringt.

Dann ist es so weit.

Heißkalte Schauer breiten sich von meiner Mitte über meinen ganzen Körper aus und ich komme so heftig, dass ich für einen Moment befürchte, ohnmächtig zu werden. Ich sinke zu Boden, ringe nach Luft und bin minutenlang zu keinem klaren Gedanken fähig.

»Ich dich auch«, wispere ich dann.

Und das sind die letzten klaren Worte, die ich in dieser Nacht herausbringe.

Als ich zum zweiten Mal an diesem Morgen aufwache, fühle ich mich so gut wie schon lange nicht mehr. Cyph ist bereits in der Dämmerung aufgebrochen und ich habe mir noch ein paar Stunden Schlaf gegönnt.

Gedankenverloren streiche ich über das kühle Metall um meinen Hals. Cyph hat mir einen neuen Peilsender mitgebracht – jetzt, in der heißen Phase des Jobs, will er kein Risiko mehr eingehen und mir geht es genauso.

Lächelnd fahre ich mit den Fingern die verschlungenen Formen des Anhängers nach. Diesmal ist er silberfarben, darin eingraviert etwas, das auf den ersten Blick überhaupt keinen Sinn ergibt: die Zeichenfolge ♥. Das ist der Dezimalcode für ein Herz.

So ist das, wenn man einen Hacker liebt.

Ich denke an letzte Nacht und kann nicht aufhören, glücklich zu sein. Es fühlt sich an, als wäre ich endlich wieder ganz. Am liebsten möchte ich einfach gemeinsam mit Cyph nach Hause fahren. Aber noch ist es nicht so weit.

Ich öffne die Augen, drehe mich in den feuchten Laken zur Seite und sehe zum Nachttisch.

Der Wecker zeigt mir an, dass es erst acht Uhr ist. Immer noch zu früh, um aufzustehen. Etwas muss mich also geweckt haben.

Ich schaue auf mein Handy, doch die *Bones* haben mich nicht kontaktiert. Vielleicht –

Es klingelt an der Tür und ich weiß instinktiv, dass es nicht das erste Schellen ist.

Das kann nur einer sein.

Ich springe aus dem Bett und stelle fest, dass ich immer noch nackt bin. Hastig suche ich meinen Morgenmantel und werfe ihn mir über. Dann schiebe ich meine Klamotten, die mir Cyph gestern vom Leib gerissen hat, unters Bett und lasse meinen Blick durchs Zimmer schweifen.

Die Laken sind zerwühlt, was um diese Uhrzeit ja kein Wunder ist. Es liegt nirgendwo etwas Verräterisches herum. Die Kondome hat Cyph gestern Nacht noch entsorgt, ansonsten gibt es nichts, das uns auffliegen lassen könnte. Nichts außer meinem Körper, der sich vollkommen entspannt, aber auch wund und kribbelig anfühlt. Und als würde er eindeutig nach Cyph riechen.

Ich haste ins Bad und lege ein paar Spritzer Parfum auf. Dann laufe ich zurück in den Wohnraum, wuschle mir mit den Händen durchs Haar, rubble mir mit den Handflächen über die Wangen und öffne die Tür.

Zac ist bereits oben. Er sieht übernächtigt aus.

»Elle, können wir reden?«

»Aber klar doch.« Perplex lasse ich ihn rein. »Ist alles okay?«

Zac nickt und schließt die Tür.

»Setz dich doch.« Ich nehme seine Hand, um das vertraute Gefühl, das die letzten Tage über zwischen uns geherrscht hat, zumindest für ihn wiederherzustellen, und führe ihn zum Sofa.

Er setzt sich und sieht mich an. »Ist bei dir alles in Ordnung?«

Diese Frage irritiert mich genauso, wie es Zacs Auftauchen um diese Uhrzeit tut.

Was soll denn nicht in Ordnung sein?

Wieder glaube ich, dass er mehr weiß, als er vorgibt. Aber wahrscheinlich werde ich nur langsam paranoid.

»Ja, natürlich. Ich bin gerade aufgewacht, also ... entschuldige mein Aussehen.«

Zac mustert meinen Körper nur flüchtig, dann heftet er seinen Blick wieder auf mein Gesicht. »Gestern ... Du hast dich irgendwie komisch verhalten.«

»Habe ich das?«, frage ich gespielt ahnungslos.

Aber innerlich bin ich erleichtert. Es geht also nur um meinen Zickenauftritt von gestern Abend, der ihn anscheinend noch beschäftigt.

»Ich will dich nicht verlieren, Elle«, fährt Zac fort. »Du sorgst dafür, dass ich mich seit Langem mal wieder wirklich gut fühle. Deshalb ...«

Er sieht mir tief in die Augen und mir schießt nur ein Gedanke durch den Kopf. Immer und immer wieder. Er ist vollkommen irrational, aber die letzten Wochen waren so verrückt, dass ich langsam einfach alles für möglich halte.

Restlos alles.

Entgeistert blicke ich Zac an und warte darauf, dass er zu sprechen beginnt.

Bitte, mach mir keinen Antrag, bete ich innerlich. Bitte, bitte nicht.

Als ich hergefahren bin, hielt ich es noch für eine gute Idee, Elle die ganze Wahrheit zu sagen. Über Phoebe. Und ihren Tod.

Ich glaube, sie ahnt etwas. Vielleicht hat sie doch die Projektion im Schwimmbad gesehen. Vielleicht lag irgendetwas Verdächtiges in der Wohnung am Scotsman's Hill herum, das ich übersehen habe. Vielleicht ist es aber auch nur weibliche Intuition.

Jedenfalls bin ich mir sicher, dass seit gestern etwas zwischen uns steht. Und dass es an der Zeit ist, ihr die Wahrheit zu sagen.

Doch es ist gar nicht so leicht, die richtigen Worte zu finden, jetzt, wo sie vor mir steht.

In ihren Augen liegt Besorgnis, die ich ihr nehmen möchte. Gleichzeitig möchte ich aber auch einfach nur die Vergangenheit vergessen.

Phoebe vergessen.

Neu anfangen.

Elle ist seit Langem das Beste, was mir passiert ist und ich möchte nicht, dass das zwischen uns durch irgendwelche alten Geschichten kaputt gemacht wird.

»Rede mit mir, Zac«, fordert sie und setzt sich mir gegenüber.

Ich sehe sie an und kann ihrem forschenden Blick nicht länger standhalten. Stattdessen blicke ich runter auf ihre nackten Beine. Ihre glatte Haut. Wie gerne würde ich sie jetzt einfach nur berühren. Der Saum ihres Morgenmantels ist ein Stück hochgerutscht und ich kann ihre Oberschenkel sehen.

Was ich an der Innenseite davon entdecke, raubt mir den Atem.

Einen Knutschfleck. Der gestern noch nicht da war.

Ich spüre, wie sich in meinem Inneren Ungläubigkeit mit Zorn mischt.

Sie hatte was mit einem anderen? Es muss so sein, denn von mir stammt dieser Knutschfleck definitiv nicht.

Schnell sehe ich mich im Zimmer um.

Vielleicht ist der Mistkerl noch irgendwo hier!

»Zac?« In Elles Stimme schwingt jetzt Unbehagen mit.

Hat sie Angst vor mir? Kein Wunder, dass sie das in die Arme eines anderen treibt.

Oder hat sie vor etwas anderem Angst?

Ich sehe mich immer noch um. Auf keinen Fall darf ich sie verlieren. Ich muss herausfinden, mit welchem Kerl sie zusammen war. Und dann muss ich sie irgendwie dazu kriegen, sich voll und ganz auf mich einzulassen. Bisher habe ich noch kein Anrecht auf sie und ihre Treue, auch wenn mich das wahnsinnig macht. Noch sind wir kein wirkliches Paar.

Aber das muss ich ändern.

Ich muss mich zusammenreißen.

»Ja?«, bringe ich hervor und spüre, wie mein Herz vor Aufregung klopft.

»Du wolltest mir etwas sagen, glaube ich.«

Ich spüre, wie mein Mund trocken wird und mein eben noch so fester Entschluss in sich zusammenfällt.

Auf keinen Fall kann und werde ich ihr jetzt noch die Wahrheit sagen. Wenn sie sich sowieso schon unwohl in meiner Nähe fühlt, dann macht es das nur noch schlimmer.

»Ich wollte nur nach dir sehen.« Ich lächle und hoffe, dass man mir den Schock nicht allzu deutlich ansieht. Ich muss einen kühlen Kopf bewahren, zumindest, soweit das möglich ist.

Ich werde herausfinden, wer der Typ ist und ihn dann aus dem Weg räumen.

»Okay ...« Elle wirkt nicht überzeugt.

»Zieh dich an. Wir verbringen den Tag zusammen, ja?«

Als Elle zögerlich aufsteht und nach einem kurzen Blick hinter sich im Bad verschwindet, hole ich mein Handy raus.

Jemand muss sie beschatten.

Ich muss einfach wissen, welcher Mann dabei ist, sie mir zu stehlen.

Kapitel 8
‚Final Masquerade‘

Lielle

Die Rocky Mountains sehen aus der Luft einfach wahnsinnig beeindruckend aus. Ich blicke runter auf schneebedeckte und in der Sonne leuchtende Bergspitzen und versuche, alles zu erfassen. Der Schatten, den unser Helikopter tief unter uns wirft, wirkt winzig klein im Verhältnis zu den riesigen Bergketten.

Der Heli macht eine scharfe Kurve und ich umklammere Zacs Hand automatisch ein bisschen fester. Dann taucht unter uns ein Fluss auf. Ich habe keine Ahnung, welcher es ist, aber er sieht wunderschön aus. Leuchtend blau schlängelt er sich vor den Rockys durch ein grünes Flussbett.

Ich wünschte, Cyph wäre mit mir hier.

»Da vorne ist der Ghost Lake.« Zac deutet aus dem Fenster.

Ich beuge mich vor und versuche, den See zu erkennen. Dort hatten wir unser erstes Date. Es ist gerade einmal ein paar Tage her und doch kommt es mir wie eine Ewigkeit vor. In der kurzen Zeit hat sich so viel getan. So viel verändert. Und wieder geändert.

Zac lässt meine Hand los und legt einen Arm um mich. Solange ich den Gedanken daran, dass er seine Verlobte getötet hat, verdrängen kann, ist alles gut und ich bin vollkommen ruhig in der Gewissheit, dass das hier bald vorüber ist. Doch manchmal fällt es mir wieder ein und dann erwischt es mich, als hätte man mich in eine Wanne voller Eiswasser getaucht.

»Nicht schlecht«, sage ich und stelle aus dem Augenwinkel fest, dass etwas an meinem Handgelenk aufleuchtet.

Ich vergewissere mich, dass Zac gerade aus dem Fenster schaut und rufe die Nachricht auf, die auf meiner Smartwatch eingegangen ist.

>:-(

Nur diese vier Zeichen. Mehr steht dort nicht. Doch der wütende Smiley bedeutet, dass ich die Mission sofort abbrechen muss. Dass ich zu den anderen kommen soll. Und zwar auf der Stelle.

Mein Herz beginnt schneller zu schlagen. Irgendetwas ist passiert. Wir wurden enttarnt oder stehen zumindest kurz davor.

Aber wir befinden uns in mehreren tausend Metern Höhe. Wie soll ich denn jetzt hier wegkommen?

Eine zweite Nachricht geht ein. Eine Adresse. Anscheinend soll ich dort hinkommen.

Jetzt muss ich mir etwas einfallen lassen.

»Oh, Mist!«, sage ich und hoffe, dass es für Zac nicht so schlecht gespielt klingt, wie es sich für mich anhört. »Ich habe total vergessen, dass ich ein wichtiges Treffen habe.«

»Jetzt?« Zac sieht mich irritiert an.

»Eigentlich schon vor einer halben Stunde.« Ich lasse meine flache Hand gegen meinen Kopf klatschen. »Manchmal habe ich meine Gedanken einfach nicht beisammen.«

Zac mustert mich noch einen Moment und ich kann nicht sagen, was wohl hinter seiner Stirn vorgeht. Zwischen seinen Brauen hat sich eine steile Falte gebildet und er scheint sich zu einem Lächeln zwingen zu müssen.

»Ich ... wollte kündigen, weißt du? Meinen Job im Club.«

Auch wenn ihn das eigentlich freuen sollte, bleibt er reserviert. »Kein Problem. Wir drehen einfach um und landen. Ich sage dem Piloten Bescheid.«

»Es tut mir leid, wir holen das nach, ja?«

»Aber sicher.« Zac zieht mich wieder an sich, doch er wirkt nicht mehr halb so entspannt wie vorher.

Kein Wunder.

Wenn wir wirklich aufgeflogen sind, wenn er mich durchschaut hat, dann weiß er, dass mein ganzes Verhalten nur gespielt ist.

Doch warum spricht er mich nicht einfach drauf an?

Lielle

Zac fährt mich in die Stadt und ich frage mich, wo Cyph schon wieder ist. Vielleicht hat Sophie etwas gespürt, vielleicht hat sie mich auf seiner Haut gewittert und vereinnahmt ihn jetzt umso mehr. Oder ihm ist etwas zugestoßen. Nein, daran will ich gar nicht denken. Für einen Moment wünsche ich mir, ich würde wie früher mit Dane Cooper zusammenarbeiten, denn er bedeutete mir nichts.

»Da wären wir.« Zac hält vor einem kleinen Café in einem Vorort Calgarys und sieht mich an.

Eigentlich wollte ich ihm unseren Treffpunkt nicht nennen, doch erstens hat er so nachgebohrt und darauf bestanden, mich zu fahren, dass mein Schweigen auffällig wurde. Und zweitens weiß ich, dass ich von hier sowieso nur unauffällig in unser Haus am See gebracht werden soll. So läuft es, wenn wir Jobs abbrechen.

Niemand macht sich dann auf direktem Weg zu unserem Hauptquartier. Das ist viel zu riskant.

»Danke schön.« Ich hauche Zac einen Kuss auf die Wange. Solange ich nicht weiß, was los ist, bleibe ich lieber in meiner Rolle. »Ich melde mich, so schnell es geht.« Ich öffne die Tür und rechne damit, dass er mich aufhält. Dass er mir eine Pistole zwischen die Schulterblätter drückt und mich auffordert, im Auto zu bleiben. Doch nichts dergleichen passiert.

Ich steige aus und sehe zu Zac zurück. Er nickt mir zu, dann fährt er los. Sein Verhalten ist verdächtig unverdächtig.

Ich blicke ihm nach, bis er hinter der nächsten Biegung verschwunden ist. Dann sammle ich mich kurz, vergewissere mich mit einem Blick auf die Smartwatch, dass ich am richtigen Ort bin und betrete das Café.

»Hier drüben!« Jess winkt mich aus einer Ecke zu sich an den Tisch.

Schnell gehe ich zu ihr und setze mich. »Was ist los? Was ist passiert?«

Jess umarmt mich, als hätten wir uns ewig nicht gesehen und flüstert. »Nicht jetzt.« Sie lässt sich wieder auf ihren Platz sinken und lächelt, als wären wir zwei alte Freundinnen, die sich auf einen Kaffee treffen. So sieht sie auch aus. Anstelle ihrer üblichen Rockerklamotten trägt sie einen schlichten roten Pullover, das lange Haar hat sie zu einem braven Zopf geflochten.

»Sag schon. Wo sind die anderen?« Ich blicke mich um.

»Nicht umsehen!«, zischt Jess und ich hefte meinen Blick wieder auf sie. »Du wirst beschattet.«

O nein. Dann sind wir tatsächlich enttarnt worden oder Zac hat mich zumindest in Verdacht. Hundert Fragen spuken mir durch den Kopf, doch Jess lässt mich keine davon stellen.

Während sie mich noch immer anschaut, als würde sie mir den neuesten Klatsch erzählen, teilt sie mir mit: »Du gehst jetzt gleich auf die Damentoilette, letzte Kabine. Dort findest du eine Reisetasche mit Klamotten. Zieh dich um, setz den Motorradhelm auf und verlass das Café durch den Seiteneingang, der sich neben der Bar befindet. Draußen steht eine grüne Yamaha, der

Schlüssel ist in der Tasche. Fahr ein paar Umwege, wir sehen uns zuhause.«

Ich nicke und schalte wieder in den Profimodus. »Alles klar«, lächle ich, stehe auf und steuere den Barkeeper an.

Als hätte ich alle Zeit der Welt, bestelle ich bei ihm einen Cappuccino und erkundige mich, wo die Toiletten sind. Wer auch immer mich beobachtet, soll nicht glauben, dass ich irgendetwas bemerkt habe. Ich folge zwei Mädels auf die Toilette, drängle mich vor sie und schließe mich in der letzten Kabine ein.

Tatsächlich finde ich dort eine Tasche vor.

Schnell zerre ich mir Elles Klamotten vom Leib und schlüpfe in die hautenge, schwarz-weiß gestreifte Hose. Dazu ein schwarzes Top und eine Lederjacke. Als Letztes verstaue ich mein Haar unter dem Helm und klappe das Visier runter.

Das war Rekordgeschwindigkeit.

Ich schnappe mir den Schlüssel und bin bereit. Noch vor den beiden Mädchen verlasse ich die Toiletten wieder.

Ganz in Ruhe bewege ich mich auf den Seitenausgang zu und verabschiede mich mit einem Nicken vom Barkeeper.

Draußen sehe ich die giftgrüne Yamaha sofort.

Ein Glück, dass ich das Fahren nicht verlernt habe.

Wo bleibt sie nur?

Alle anderen *Bones* haben sich schon in unserem Wohnzimmer versammelt, nur Jess ist mit Lielle noch nicht zurück.

»East«, beginne ich.

»Sie kommen schon gleich«, beruhigt er mich.

»Was ist, wenn er ihr was angetan hat? Da oben in der Luft?« Ich schüttle den Kopf.

Als ich gesehen habe, dass Lielle mit Zac in einen Hubschrauber steigt, habe ich gedacht, ich spinne.

Wie soll ich sie covern, wenn sie in viertausend Metern Höhe herumfliegt? Glaubt sie, ich habe irgendwo einen Jet herumstehen, mit dem ich ihr einfach folgen kann?

Am liebsten hätte ich mich an die Kufen gehängt.

»Jess hat mir gerade eben geschrieben, dass ...«

Motorengeräusche auf der Auffahrt lassen ihn verstummen.

»Das muss sie sein.« Ich will aufspringen und zur Tür laufen, als sie auch schon aufgeht und Lielle reinkommt.

Mir fällt ein verflucht großer Stein vom Herzen, als ich sie sehe.

Sie trägt einen Motorradhelm unter dem Arm und fragt: »Was ist passiert? Wo ist Cyph?!«

Ich hebe die Hand und winke ihr zu.

Sie sieht mich an und wirkt erleichtert.

»Hi«, sagt sie und atmet auf.

»Hi«, erwidere ich und für einen Moment werden wir beide in die vergangene Nacht zurückkatapultiert. Ich spüre ihren Körper dicht an meinem, ihren warmen Atem auf meiner Haut ...

»Setz dich.«

East deutet auf einen freien Platz auf dem Sofa und Lielle folgt seiner Aufforderung, nachdem sie ihren Blick beinahe gewaltsam von meinem losgerissen hat.

»Es gibt eine gute und einen ganzen Haufen schlechter Nachrichten.«

Ich sehe in die Runde. Ausnahmslos alle wirken angespannt.

Keiner sagt etwas, also spricht East übergangslos weiter. »Die gute ist, dass wir unser System seit den frühen Morgenstunden endgültig wieder unter Kontrolle haben und endlich auf Strykers Handy zugreifen konnten.«

Das sind wirklich gute Nachrichten.

Der Job wäre unmöglich zu Ende zu bringen, wenn wir uns noch weiter mit dem Virus herumschlagen müssten, den uns DayBreak geschickt hat.

»Die schlechte ist, dass wir darauf was gefunden haben, was uns alle gefährdet.« East schaltet einen Beamer ein und ich finde mich in Großaufnahme auf der Wand wieder. Gerade steige ich aus dem SolarStorm.

»Das ist nur ein Screenshot. Zu deinem Einbruch in Strykers Wagen gibt es ein ganzes Video, Cyph.«

Ich sehe, dass Lielle bleich wird und spüre selbst, wie mir alle Farbe aus dem Gesicht weicht.

»Er weiß, dass sein Auto sabotiert wurde, hat sogar ein Video davon, wie ich aus der Karre aussteige und lässt mich trotzdem noch im Gästehaus bei seiner

Schwester schlafen?!«, frage ich und kann mir einfach keinen Reim auf die ganze Sache machen.

»Wie es aussieht, ja.« East nickt. »Stryker hat seine Sicherheitsleute angewiesen, dich und Sophie zu beschatten. Bis auf ein paar eindeutige Fotos von euch beiden hat er aber bisher nichts geschickt bekommen. Bis heute Morgen.«

Er schaltet das Bild um und ich will eigentlich gar nicht wissen, was jetzt kommt.

Eine Collage mit vier Fotos erscheint. Auf jedem Bild bin ich zu sehen. Doch diesmal an einem Ort, an dem ich nicht sein sollte.

»Das ist meine Wohnung«, stößt Lielle hervor.

»Oh, Scheiße«, stöhnt einer von den Jungs, ich glaube Milo, aber ich sehe nicht zu ihm.

East nickt und wendet sich mir zu, aber ich kriege es nur am Rande mit.

Ich starre die Fotos an. Auf dem einen ist zu sehen, wie ich mir gestern Nacht Zutritt zu Lielles Apartment verschafft habe. Das zweite zeigt mich schemenhaft an ihrem Fenster. Und die letzten beiden bilden ab, wie ich heute Morgen in aller Frühe ihr Haus verlassen habe.

»Wir konnten verhindern, dass Stryker die Bilder öffnet«, sagt er an Lielle gewandt. »Er hat sie bekommen, während ihr in der Luft wart und wir konnten sie löschen, bevor er sie bemerkt hat. Was nicht bedeutet, dass er es nicht erfahren wird. Heute Morgen hat er seine Sicherheitsleute auch angewiesen, dich zu beschatten. Und vor ein paar Minuten hat er nach ersten Ergebnissen gefragt. Es ist also nur noch eine Frage von Stunden – wenn überhaupt.«

Ich schüttle den Kopf über uns.

Wir hätten uns einfach zusammenreißen müssen.

Lielle

Warum haben Cyph und ich nicht einfach die Finger voneinander lassen können? Zumindest so lange, bis der Job erledigt ist? Wir haben uns wie die letzten Amateure verhalten und damit die ganze Gang in Gefahr gebracht.

Das hier ist die reinste Katastrophe.

»Könnt ihr zwei mir verraten, wann ihr vorhattet, uns davon zu erzählen?« East verschränkt die Arme und sieht uns finster an. »Ich dachte, das mit euch wäre vorbei.«

»Dachte ich auch«, stimmt ihm Kyan zu.

Was soll ich jetzt sagen? Ich presse die Lippen aufeinander und tausche einen kurzen Blick mit Cyph. Er wirkt nicht weniger geschockt als ich.

»Herrgott, East«, knurrt er. »Tu doch nicht so. Du wusstest, dass sie mir alles andere als egal ist. Spätestens seit unserem Gespräch im Pub.«

»Ja, und was habe ich dir da gesagt? Etwa, dass du den Job sabotieren sollst? Das glaube ich kaum!«

»Wir kriegen das hin«, sagt Cyph, ohne näher auf Easts Vorwurf einzugehen. Er bleibt ruhig, zumindest noch.

Im Gegensatz zu East.

»Ach ja und wie?« Er funkelt Cyph wütend an. »Wir müssen die ganze Sache abblasen, wenn wir unsere Ärsche retten wollen. Das ist alles, was wir noch tun können.«

Ich schüttle den Kopf.

Die Sache abblasen, einfach aufgeben, kommt für mich nicht infrage. Das hier ist meine Familie und ich lasse nicht zu, dass sie wegen mir und Cyph Probleme kriegen. Es gibt immer Möglichkeiten, einen Job, der zu scheitern droht, wieder in die Bahn zu bringen.

Während Cyph und East im Hintergrund immer lauter werden, denke ich fieberhaft nach.

Anscheinend weiß oder ahnt Zac, dass er nicht der einzige Mann in meinem Leben ist. Und er hat Beweise dafür, dass Cyph an seinem Wagen herummanipuliert hat. Das bedeutet, dass Zac Cyph als eigentlichen Störfaktor ansieht.

Da ich nicht fest mit Zac zusammen bin – noch nicht – hat er keine Berechtigung, mir irgendetwas vorzuwerfen. Also muss die lästige Konkurrenz verschwinden.

Ich wende mich wieder East und Cyph zu.

»... wegen dir und Lielle das Land verlassen!«, giftet East gerade.

»So, wie wir es wegen dir und Jess getan haben, he?« Cyph sieht aus, als stünde er kurz davor, seinem besten Freund die Zähne auszuschlagen.

»Jungs, hey. Hey!« Ich stehe auf und schiebe mich zwischen die beiden. »Ich gehe zurück zu Zac. Ich regle das.«

»Du gehst nicht zurück zu diesem Mörder!«, zischt Cyph. »Bist du jetzt vollkommen verrückt? Der Typ ist unberechenbar!«

»Aber er ist verliebt in mich und das kann ich ausnutzen.«

»Er war bestimmt auch verliebt in seine Verlobte!« Cyph schüttelt den Kopf. »Du gehst nicht mehr dahin. Nicht bei allem, was wir jetzt wissen.«

»Vertraut mir. Ich bin wieder in der Spur.«

Und ich habe einen Plan.

Er wird den ganzen Job retten und dafür sorgen, dass wir als Gewinner aus der Sache gehen. Auch wenn ich dafür zu drastischen Maßnahmen greifen muss.

Zachary

Da kommt er. Ich habe ihn direkt herbestellt, als ich die Fotos erhalten haben.

Chris, mein neuer Chauffeur und Freund meiner Schwester. Dachte ich. In Wahrheit spioniert er uns aus, macht sich an Elle ran und gefährdet DayBreak Motors. Alles, was meine Familie sich aufgebaut hat.

Ich öffne ihm das Tor, damit er die Einfahrt passieren kann. Langsam rollt er mit seinem aufgetunten VW auf mich zu. Er grinst mich an, als wären wir beide die besten Freunde. Ich erwidere sein Grinsen nicht, sondern erwarte ihn mit verschränkten Armen vor meiner Villa.

»Mister Stryker«, grüßt er mich und steigt aus dem Auto.

Mit wenigen Schritten bin ich bei ihm, packe seinen Hals und donnere ihn gegen seinen Wagen.

Chris keucht überrascht und sieht mich verwirrt an. »Was ...?«, bringt er hervor, mehr nicht.

Sein Gesicht sieht angespannt aus. In seinen Augen steht Unwissenheit. Mal sehen, wie lange noch.

»Für wen arbeitest du?«, frage ich und verstärke den Druck noch ein bisschen.

Und was läuft da zwischen dir und Elle?, füge ich in Gedanken hinzu.

Chris packt meine Hände und versucht, sie von seiner Kehle zu lösen. »Für Sie«, keucht er.

»Du lügst!« Ich zerre ihn am Hals ein Stück nach vorne, um ihn dann wieder gegen die Karosserie krachen zu lassen. »Du bist gesehen worden!«

Wie du aus Elles Haus gekommen bist, flüstert meine innere Stimme, doch ich will nicht darüber nachdenken, was zwischen den beiden gelaufen ist.

»Wo ... bei?«, bringt er abgehackt hervor.

»Das weißt du genau!« Ich schleudere ihn zu Boden.

Chris fällt in den Schotter neben seinem Auto und wirbelt Staub auf. Er umfasst seine Kehle, an der sich bereits rote Flecken bilden.

Ich starre runter auf ihn und frage mich, was Elle an diesem Schwächling findet.

»Was lief da zwischen euch?«, frage ich jetzt doch, auch wenn ich eigentlich wissen wollte, für wen er arbeitet.

Chris braucht einen Moment, um sich zu sammeln. »Von wem ...?«, beginnt er, dann muss er husten.

»Von dir und Elle«, schleudere ich ihm entgegen.

Chris sieht mich langsam an. In seinem Blick blitzen Erkenntnis und Spott auf. »Ach, darum geht es«, sagt er und plötzlich kann er ohne Hustenreiz reden. Er richtet sich auf und klopft sich den Staub von den Klamotten. »Um Elle ...« Er spricht ihren Namen aus, als würde sie bereits ihm gehören.

Eigentlich wollte ich nur herausfinden, für wen Chris arbeitet und ihm mehr bieten, als er für den Job bekommt. Daran hätte ich die Bedingung geknüpft, dass er sich nie wieder in Calgary und vor allem in Elles Nähe blicken lässt. Schon wären alle Probleme gelöst gewesen.

Doch wie der Typ jetzt vor mir steht, mit diesem siegessicheren Grinsen, raubt es mir das letzte bisschen Verstand.

Ich sehe rot, stürze mich auf ihn und verpasse ihm einen Schlag in die Magengrube. Blut spritzt. Ich muss fester zugeschlagen haben, als es mir vorkam.

Chris stöhnt auf und reißt mich mit sich zu Boden. Blitzschnell ist er über mir und donnert mir seine Faust ins Gesicht.

Wieder und wieder. Ganz so ein Waschlappen ist er wohl doch nicht. Was spielt dieser Kerl für ein Spiel mit mir?

Ich schmecke Blut und sehe Sterne. Fahrig versuche ich, seine Fäuste abzuwehren, doch er ist einfach viel schneller als ich. Er wirkt so wütend, als hätte ich ihm etwas getan und nicht umgekehrt.

»Nein! Aufhören!«, schreit auf einmal eine Stimme hinter uns und holt mich durch den aufziehenden Nebelschleier zurück in die Realität.

Elle.

Ich blinzle, kann vor lauter Staub und Blut aber nichts sehen.

»Lass ihn in Ruhe!«

Chris hört auf, mein Gesicht mit Schlägen einzudecken und dreht sich, noch immer auf mir hockend, um.

»Hör auf damit!«, verlangt sie.

Chris lacht leise. Dann greift er nach einem Stein, der irgendwo außerhalb meines Gesichtsfelds gelegen haben muss.

So ernst ist die Sache also. Mein fataler Fehler wird mir klar – er wollte sie nicht nur flachlegen. Er will sie wirklich.

Ich taste nach meiner Waffe, die ich vorhin eingesteckt habe, doch Chris' Beine sind im Weg.

»Ich bringe es nur zu Ende«, sagt er und hebt den Stein.

»Chris!«

Er hört gar nicht auf Elle, sondern reißt den Arm hoch. Ich sehe, wie der Stein auf meine Schläfe zurast, dann ertönt ein peitschender Knall und ich spüre nasse Spritzer auf meinem Gesicht. Chris wird von mir runtergeschleudert und ich kann endlich wieder atmen. Ich gönne mir ein, zwei Atemzüge, dann wische ich mir die Blutspritzer, bei denen ich nicht weiß, welche von mir und welche von Chris stammen, aus dem Gesicht und setze mich auf.

Elle steht ein paar Meter entfernt, eine Waffe in den Händen, mit einem schockierten Ausdruck in den Augen. Sie rührt sich nicht, ihr Blick flackert und ihre Lippen beben.

»Elle ...« Ich stehe auf, merke selbst, wie wackelig ich auf den Beinen bin. Ich wanke auf sie zu und will sie in die Arme schließen, da nehme ich eine Bewegung aus dem Augenwinkel wahr.

Diesmal reagiere ich schneller. Ich werde nicht zulassen, dass Elle ihr Gewissen ein zweites Mal belasten muss. Ich ziehe meine Pistole, ziele damit auf Chris und drücke ab.

Der Schuss ist ohrenbetäubend laut.

Erst danach wird mir klar, dass er sich gar nicht gerührt hat, lediglich der Stein ist aus seinen erschlaffenden Fingern gekullert. Leblos liegt er da, die Augen geschlossen, mit zwei Einschusslöchern in der Brust. Eine Blutlache breitet sich unter ihm aus, die schnell größer wird.

»O Gott«, wispert Elle hinter mir und geht in die Knie.

Ich kann sie gerade noch auffangen, bevor sie auf dem Boden aufschlägt.

Jetzt habe ich schon zwei Menschen auf dem Gewissen.

Ob es bei diesem Mal leichter zu ertragen sein wird?

Lielle

Ich sitze in Zacs Wohnzimmer und versuche, nicht über das nachzudenken, was gerade draußen auf der Auffahrt passiert ist. Ich versuche zu funktionieren, nur noch ein bisschen durchzuhalten, aber mein Gehirn spielt die Szene immer und immer wieder ab.

Als ich mit meiner Platzpatrone auf Cyph geschossen habe, lief alles noch nach Plan. Cyph hat sogar richtig überzeugend gespielt und auch das Kunstblut, das aus seinem Oberkörper gespritzt ist, sah real aus. Doch dann hat er den Stein losgelassen und Zac hat etwas getan, womit ich im Leben nicht gerechnet hätte.

Er hat ihn erschossen.

Einfach so.

Obwohl ich seine Vorgeschichte kenne, bin ich vollkommen entsetzt. Niemals hätte ich gedacht, dass er so kaltblütig sein und Cyph …

Ich gestatte mir nicht, den Gedanken fortzuführen. Tränen brennen in meinen Augen, aber ich versuche, sie zurückzuhalten und mich ganz auf die Leere zu konzentrieren, die sich in meinem Innern ausbreitet. Ich darf jetzt nicht zusammenbrechen. Ich darf einfach nicht. Wenn irgendetwas an mir meine wahren Gefühle verrät, bringt er mich ebenfalls um, daran habe ich gar keinen Zweifel.

Zac kommt aus dem Badezimmer zurück. Er hat geduscht, sich umgezogen und seine Wunden notdürftig versorgt. Trotzdem sieht sein Gesicht schlimm aus. Eine Platzwunde teilt seine linke Augenbraue, einer seiner Wangenknochen ist aufgeplatzt und er hat überall blaue Flecken.

»Ich habe dir einen Drink gemacht«, sage ich und deute auf das Glas auf dem Tisch.

»Du hast mir das Leben gerettet.« Zac lässt sich schwer neben mich aufs Sofa fallen.

Und dafür hast du die Liebe meines Lebens getötet, flüstert eine bittere Stimme tief in mir, die sich einfach nicht zurückdrängen lässt.

Die sich wieder und wieder durch die Taubheit kämpft, die ich so mühsam aufrecht zu erhalten versuche.

Warum nur habe ich viel zu spät gemerkt, wie sehr ich Cyph brauche? Mein Stolz, meine Angst vor Verletzungen haben alles kaputt gemacht. Ich hätte diesen Job nie annehmen dürfen. Jetzt ist er fort und ich kann es nie wiedergutmachen.

Ich spüre, wie es mir die Kehle zuschnürt, richte meinen Blick an die Decke und atme durch, um die Träne daran zu hindern, über meine Wangen zu kullern.

Es gelingt mir.

Ich war schon immer gut darin, meine Gefühle zu unterdrücken und bin es selbst jetzt. Auf gewisse Weise verachte ich mich dafür, denn es fühlt sich wie ein Verrat an.

Zac trinkt einen Schluck und legt eine Hand auf mein Bein. »Geht es dir gut?«

Ich nicke. »Das ist nur der Schock.« Ich hebe mein Glas und stoße mit ihm an.

Er soll trinken, verdammt noch mal.

Zac stößt mit mir an und leert sein Glas zur Hälfte. »O Mann«, seufzt er.

O Mann. Ist das alles, was ihm einfällt? Was soll ich erst sagen?

Ich lächle schief. »Was ... passiert jetzt mit ihm?«

Zac drückt mein Bein. »Mach dir keine Sorgen. Meine Leute kümmern sich um ihn.«

Sie kümmern sich um ihn. Ich will gar nicht wissen, was das bedeutet. Versenken sie ihn im Ghost Lake? Verbrennen sie ihn oder ...?

Ich muss damit aufhören und stark sein.

Zac hat bewiesen, wozu er fähig ist. Zu absolut allem. Aber wenigstens glaubt er jetzt, dass ich auf seiner Seite stehe. Das darf ich nicht kaputtmachen, sonst war alles umsonst.

Aber was schert dich jetzt überhaupt noch, wie es weitergeht, Lielle? Warum gibst du nicht einfach auf? Dann soll er dich eben auch erschießen!

Nein.

Vor meinem inneren Auge sehe ich Cyph, seine eindringlichen Blicke, seine Sorge um mich. Die Sorge, die die ganze letzte Zeit über da war und mir viel eher hätte verraten müssen, was ich ihm bedeute.

Er hat auf mich aufgepasst, weil ich das Wichtigste für ihn war. Jetzt muss ich dasselbe tun. Für ihn.

»Okay.« Ich trinke noch einen Schluck und Zac tut es mir gleich.

Wieso schläft er nicht endlich ein?

»Die Sache bleibt unter uns, Elle. Mach dir keine Sorgen. Gib mir am besten die Waffe und ich sorge dafür, dass sie niemand findet.«

Mechanisch schiebe ich die Pistole, die vor mir auf dem Tisch liegt, zu ihm hinüber. Sie ist dank der Platzpatronen ohnehin nutzlos.

»Wieso hast du die überhaupt bei dir?«, fragt er und wirkt immer noch viel zu wach auf mich.

Wie lange dauert es, bis dieses Mittel wirkt?

»Als Stripperin«, beginne ich mit monotoner Stimme. Dann räuspere ich mich und zwinge mich, nicht so leblos zu klingen. Schließlich bin nicht ich diejenige, die gestorben ist.

Wieder schnürt es mir die Kehle zu. Lange halte ich das nicht mehr aus.

Ich muss den Satz Gott sei Dank nicht zu Ende führen.

Zac nickt. »Verstehe. Es ist sicherer.«

Ich nicke ebenfalls.

Zac lehnt sich zurück und zieht mich in seinen Arm.

Mir wird schlecht. Am liebsten würde ich aufspringen und ihn von mir stoßen. Ich ertrage seine Nähe einfach nicht mehr. Er soll für das bezahlen, was er getan hat. Und dann will ich ihn niemals wiedersehen.

Eine Weile sitzen wird so da. Ich starre die Bilder an den Wänden an, versuche, die abstrakte Kunst zu interpretieren, tue alles, um nicht an Cyph zu denken. Aber ich sehe in jedem roten Klecks einen Blutspritzer, in jeder symmetrischen Figur ein Kreuz.

Eine Träne läuft mir über die Wange. Ich zwinge mich, nicht die Hand zu heben, sie nicht fortzuwischen.

Dann, nach schier endlosen Minuten, werden Zacs Atemzüge ruhiger. Gleichmäßiger.

»Zac?«, flüstere ich, aber er reagiert nicht.

Na endlich.

Ich löse seinen Arm von mir und setze mich auf. Als ich sicher bin, dass er schläft, springe ich auf und renne ins Bad. Die Starre, die Taubheit fällt von mir ab.

Mit einem Mal sehe ich wieder Cyph vor mir.

Wie die Kugel aus Zacs Waffe in seinen Körper gedrungen ist.

Ich übergebe mich würgend in die Kloschüssel und spüre, dass ich die Tränen nicht länger zurückhalten kann.

Schluchzend breche ich auf den kalten Fliesen zusammen.

Immer wieder sehe ich ihn.

Als er noch gelebt hat.

Als er gestorben ist.

Cyph

Als ich aufwache, steht die Sonne bereits tief am Himmel. Ich liege auf dem Rücken und blinzle, um die Staubschicht loszuwerden, die sich auf meine Augen gelegt hat.

Ich habe keine Ahnung, wo ich bin, ich weiß nur eins: Ich lebe noch.

Und ich hatte verdammtes Glück! Auch wenn sich jeder Knochen in meinem Körper gebrochen anfühlt, bin ich am Leben.

Zac Stryker soll ruhig glauben, dass er mich gekillt hat. Dass dieser feige Penner abdrücken würde, hätte ich mir denken können.

Aber ich war vorbereitet.

Als ich von East erfahren habe, dass er möglicherweise seine Verlobte ermordet hat, habe ich mich in sein Haus geschlichen und die Munition in all seinen Waffen durch Platzpatronen ersetzt. Nur zur Sicherheit, falls er Lielle enttarnt.

Wer hätte gedacht, dass mir das selbst nochmal zugute kommt?

So weit lief alles nach Plan, auch wenn ich befürchtet habe, dass ich bereits nach seinem Schlag in den Magen auffliege.

Zac schlägt zu wie ein Mädchen, doch leider hat er dabei direkt einen der Blutbeutel erwischt, die unter meinem Oberteil befestigt waren. Dass sich auf seinen Faustschlag hin ein Blutfleck auf meinem Shirt gebildet hat, schien ihn jedoch nicht zu irritieren. Anscheinend hält er sich einfach für besonders stark. Oder er hat sich noch nie geprügelt.

Jedenfalls hat er nichts bemerkt und ich war überzeugt, dass auch der Rest der ganzen Aktion nach Plan laufen würde: Lielle alias Elle taucht auf und rettet ihre große Liebe Zac, indem sie ihren anderen Lover, dem offensichtlich gerade eine Sicherung durchbrennt, erschießt.

So weit, so gut.

Der zweite Schuss kam unerwartet, aber auch den habe ich verkraftet.

Womit ich jedoch nicht gerechnet habe, war, dass Strykers Leute versuchen würden, mich zu entsorgen, indem sie mich einfach zerschmettern.

Seine Handlanger haben mich kurzerhand in meinen VW verfrachtet und zu einem Hang gefahren. Dort haben sie mich aus dem Auto gezogen und in eine Kiesgrube geworfen. Aus weiß Gott wie vielen Metern Höhe.

Während ich durch die Luft flog, dachte ich, das war es jetzt.

Als ich unten aufknallte, betete ich regelrecht, dass es schnell vorbei ist.

Ich hatte das Gefühl, als wäre durch den Sturz jeder Knochen in meinem Körper gebrochen worden. Inklusive Wirbelsäule und Schädel. Der Schmerz war so heftig, dass ich das Bewusstsein verlor.

Mein letzter Gedanke galt Lielle. Ich war mir sicher, dass ich sie nie wiedersehen würde.

Doch jetzt, nach einigen Stunden Ohnmacht hier unten im Kiesbett, fühle ich mich wieder besser. Zwar immer noch nicht fähig aufzustehen, aber immerhin lebendig.

Ich kneife die Augen zusammen und betrachte meine Smartwatch. Sie hat einen Sprung, scheint aber noch intakt zu sein.

Es sind einige Nachrichten drauf. Die anderen fordern ein Lebenszeichen von mir. Mit jeder Nachricht werden sie panischer.

Um die anderen kann ich mich später kümmern.

Jetzt ist erstmal Lielle dran. Sie muss fast verrückt werden vor Sorge.

Ich drücke einen Knopf an meiner Uhr und krächze: »Lielle ...« Ich breche ab und huste. Meine Stimme klingt so heiser, als hätte ich einige der Kieselsteinchen geschluckt. Dann versuche ich es erneut. »Lielle eine Nachricht senden.«

Kapitel 9

‚Beautiful Trauma‘

Lielle

Ich liege noch immer auf dem Badezimmerboden, als eine Nachricht auf meiner Uhr eingeht. Durch einen Tränenschleier nehme ich das Blinken wahr. Doch mein Körper weigert sich, mir zu gehorchen. Ich weiß, dass ich die Zeit, in der Zac betäubt ist, nutzen soll, um den Prototypen oder irgendetwas anderes zu finden, das uns dabei helfen soll, uns den SolarStorm endlich anzueignen. So war der Plan, aber ich kann einfach nicht aufstehen.

Mit einem Mal fühlt sich alles um mich herum vollkommen unwichtig an.

Ich will nur hier liegen und mir Cyphs Gesicht vorstellen.

Als wir uns zum ersten Mal geküsst haben, damals in der Sauna.

Und zum letzten Mal, gestern Nacht in meinem Apartment.

Wieder blinkt die Anzeige meiner Smartwatch.

Die anderen geben einfach keine Ruhe. Aber was soll ich ihnen denn sagen?

Dass mein Plan schiefgegangen ist? Dass Zac Cyph umgebracht hat, während ich einfach nur reglos dabeistand? Und dass ich jetzt heulend im Bad liege, unfähig auch nur einen Finger zu rühren?

Ja. Wahrscheinlich sollte ich ihnen genau das sagen, auch wenn es sie zerstören wird. Die *Bones* werden danach nie mehr sein, was sie waren, das weiß ich genau. Wenn man so lebt wie wir, ständig erfüllt von Adrenalin, fühlt man sich auf gewisse Weise unsterblich. Wir glaubten, miteinander könnten wir alles durchstehen.

Wir haben uns geirrt.

Und egal, wie weh es tut – sie müssen davon erfahren.

Zentimeter für Zentimeter bewegt sich mein Arm auf mich zu. Er fühlt sich zentnerschwer an. Die Finger der anderen Hand, die ebenfalls aus Blei zu sein scheinen, bedienen das kleine Display.

7 Nachrichten, die der Reihe nach auf meinem Display erscheinen.

Die ersten sind von Jess und East. Sie sorgen sich.

Doch die letzten beiden ...

»Wie ist das möglich?«, wispere ich in die aufziehende Dämmerung.

Baby, ich lebe übrigens noch ;-)

Lielle? Sag was, geht es dir gut? Hier ist Cyph.

Ich höre, wie sich ein seltsamer Laut aus meiner Kehle windet. Eine Mischung aus ungläubigem Lachen und Schluchzen.

Hier steht es schwarz auf weiß.

Cyph lebt!

Cyph

»Alter, lass dich mal nicht so hängen«, beschwert sich East.

Gemeinsam mit Kyan stützt er mich, um mich aus der Kiesgrube herauszuführen.

Jess ist mit Easts Mustang so weit es geht vorgefahren, trotzdem muss ich einige Meter laufen, was sich anfühlt, als würden sich bei jedem Schritt Knochen in meine inneren Organe bohren. Ich werde nicht drum herum kommen, mich im Krankenhaus durchchecken zu lassen.

»Habt ihr ... was von ihr gehört?«, nuschle ich. Der Aufprall muss meinen Kopf hart erwischt haben. Ich nuschle wie ein Betrunkener und meine Sicht ist auch nicht viel klarer als nach einer Flasche Bourbon.

»Noch nicht«, sagt East.

»Scheiße ... Jemand muss zu ihr.«

»Darum kümmern wir uns schon.«

Jess öffnet die Tür und zu dritt verfrachten sie mich auf die Rückbank. »Und wo ... wo sitzt ihr?

»Vorne«, grinst Jess.

Kyan schwenkt dabei meine Autoschlüssel durch die Luft. »Jemand muss ja deine Schrottkarre nach Hause fahren.«

Ich versuche, mich von der Rückbank hochzustemmen, aber es geht nicht. »Isser Schrott?«

Kyan grinst breit und schüttelt den Kopf. »Bis auf ein bisschen Kunstblut ist er so gut wie neu.«

Ich lasse mich erleichtert zurück auf die Polster sinken. Wenigstens haben sie sich nicht an meinem Auto vergriffen.

Während die anderen mich anschnallen und die Türen schließen, schicke ich noch eine Nachricht an Lielle. Beziehungsweise habe ich das vor.

Doch in diesem Augenblick geht ihre Antwort ein.

Ich liebe dich, Cyph.

»Ich liebe dich auch ... Lielle«, flüstere ich.
Dann wird alles schwarz.

Lielle

Cyphs Nachricht hat mir neue Kraft verliehen. Sie hat mich wieder zum Leben erweckt. Mein Herz hüpft in meiner Brust, als wäre ich ein Teenagermädchen vor dem ersten Date.

Cyph ist einfach der unglaublichste Mann, den ich kenne. Wie um alles in der Welt hat er das überlebt? Das ist im Augenblick vollkommen egal. Hauptsache, ich habe ihn nicht verloren. Alles Weitere wird sich jetzt wie von selbst regeln.

Ich habe Zac eine weitere Portion Schlafmittel verabreicht und bin nun dabei, sein Arbeitszimmer zu durchsuchen.

Dank Cyph habe ich Zugang zu allen mit Fingerabdruck gesicherten Flächen.

Hätte ich das an dem Morgen nach der Präsentation schon gewusst, hätte ich das Video von Cyph, das Zac aus dem Fenster der Wohnung am Sotsman's Hill gemacht hat, direkt auf seinem Handy entdeckt. Dann wäre uns vielleicht einiger Ärger erspart geblieben.

Aber jetzt ist es zu spät.

Hastig durchsuche ich seine Schränke, fahre alle PCs und Laptops hoch, die ich finden kann, sammle jede herumliegende Festplatte ein. Ich verstaue sie zusammen mit Speicherchips und USB-Sticks in einer Tüte. Die größeren Teile staple ich alle an der Tür, damit ich auch nichts vergesse.

Das Problem ist, dass ich nicht wirklich weiß, was die *Bones* brauchen, deswegen schnappe ich mir einfach, was ich finden kann.

Gerade als ich mich bücke, um mich den unteren Schreibtischschubladen zuzuwenden, nehme ich hinter mir eine Bewegung wahr.

Zac.

Nein, das ist unmöglich. Er schläft unten auf dem Sofa, tief und fest wie ein Baby.

Ich will herumfahren, doch jemand umklammert mich von hinten, drückt mir beinahe die Luft ab. Ich zapple herum, trete um mich und schreie, doch meinen Angreifer scheint das gar nicht zu beeindrucken.

Im Gegenteil. Er lässt mich gewähren, bis meine Gegenwehr schwächer wird und ich keuchend nach Atem ringe.

»Was wollen Sie von mir?! Lassen Sie mich los!« Ich drehe den Kopf, so weit ich kann und grabe meine Zähne in die Schulter meines Angreifers.

Er lässt lockerer und ich lasse mich aus seinem Griff auf den Boden fallen.

Doch kaum will ich herumfahren, trifft mich etwas hart am Kopf.

Ein fieser Schmerz rast durch meinen ganzen Schädel und ich kippe zur Seite wie ein gefällter Baum. Kaum habe ich den Boden berührt, wird es um mich herum auch schon schwarz.

Zachary

Ich betrachte Elle und es bricht mir beinahe das Herz. Wie sie so dasitzt, mit dem Kopf auf der Brust und dem langen blonden Haar sieht sie aus wie ein schlafender Engel.

Und nicht wie das berechnende Miststück, das sie ist.

Ich war wirklich bereit, zu glauben, dass dieser Chris alles allein eingefädelt hat. Ich habe sogar in Betracht gezogen, dass meine eigene Schwester hinter der Attacke auf den SolarStorm stecken könnte. Aber dass Elle etwas damit zu tun haben könnte, wollte ich nicht wahrhaben.

Doch die Platzpatronen, die sich in ihrer und offenbar auch meiner Waffe befunden haben, lieferten den letzten Beweis. Der erste Schuss auf Chris kam mir noch realistisch vor. Weil ich ihn nicht selbst abgegeben habe. Und auch als ich auf ihn geschossen habe, fiel mir noch nichts auf, so sehr war ich berauscht vom Adrenalin. Als ich dann aber zur Ruhe gekommen bin, ist mir mein Irrtum aufgefallen. Ich bin ins Badezimmer gegangen, um meine Wunden zu versorgen und habe von dort meine Leute beauftragt, sich auf Elle zu fokussieren. Sie sollten sie nicht mehr nur im Auge behalten, sondern auch alles über ihre Vergangenheit herausfinden.

Als ich ihnen auf ihre Nachrichten nicht mehr geantwortet habe, sind sie misstrauisch geworden und in mein Haus gekommen. Sie haben mich schlafend auf dem Sofa vorgefunden, während Elle mein Arbeitszimmer leergeräumt hat. Die kleine Schlampe hat mich betäubt und wollte sich mit meiner ganzen Arbeit aus dem Staub machen.

Meine Leute haben sie glücklicherweise erwischt, bevor sie meine Software stehlen konnte.

Doch für den SolarStorm war es da schon zu spät.

Ich hätte nie gedacht, dass ich mich in einem Menschen so täuschen könnte.

Elles Wimpern flattern, dann öffnet sie die Augen. Sie sieht sich irritiert um. Der Raum, in dem sie sich befindet, dürfte ihr nichts sagen. Er ist im Keller meines Bürogebäudes in Downtown. Die Wände sind kahl, das Licht ist grell.

Ich stehe in einer Ecke neben der Tür und sie scheint mich noch nicht entdeckt zu haben. Dafür bemerkt sie jetzt die Fesseln. Zuerst sieht sie verwirrt darauf, bevor sie zaghaft anfängt, daran zu ziehen.

Der Schlag auf den Kopf hat sie langsam und träge gemacht. Ich kann sehen, dass ihr sonst so scharfer Verstand sich nur zögerlich erholt.

»Ausgeschlafen?« Ich komme näher.

Mit Verzögerung hebt Elle den Kopf, sieht mich an. Ich bin mir nicht sicher, ob sie mich erkennt.

Wie fest haben meine Männer denn zugeschlagen?

»Ich bin es. Zac.«

»Zac.« Sie wiederholt meinen Namen, als hätte sie ihn nie zuvor gehört.

Wahrscheinlich ist das nur eine weitere ihrer Maschen.

»Für wen arbeitest du?«, frage ich geradeheraus.

Denn wenn ich eins weiß, dann ist es, dass Industriespione niemals allein arbeiten. Sie haben Auftraggeber, meist größere Konzerne, die sie gut dafür bezahlen, dass sie Unternehmen wie meines aushorchen und untergraben.

»Ich weiß nicht ...« Elle schüttelt den Kopf, verzieht das Gesicht und schließt die Augen.

»Für wen arbeitest du, Elle?«

»Niemanden ...« Ihre Stimme ist nur ein Flüstern.

In ihren Haaren klebt getrocknetes Blut. Ich habe die Platzwunde an ihrem Hinterkopf versorgt und werde ihr wohl gleich etwas gegen die Schmerzen geben müssen. Aber zuerst ...

Ich hole ihr Handy, das ich ihr abgenommen habe, raus und schalte die Videofunktion ein.

»Elle?«

»Hm ...?« Sie hebt träge den Kopf und sieht mit stumpfem Blick in die Kamera.

»Wie geht es dir?«

»Nicht so ... gut.«

»Es wird dir bald noch viel schlechter gehen.«

Elle sieht mich fragend an, dann registriert sie das Smartphone in meiner Hand und scheint gar nichts mehr zu verstehen.

»Wenn mein Wagen nicht um Mitternacht wieder in meiner Auffahrt steht, dann war es das mit Elle.«

Ich beende die Aufnahme und schicke sie an all die Kontakte, mit denen sie in der letzten Zeit geschrieben hat. Die Namen sagen mir nichts. Es scheinen lauter Abkürzungen und Spitznamen zu sein. Dann schalte ich das Handy aus, nehme die Speicherkarte raus, zerbreche sie in der Mitte und zertrete zur Sicherheit auch das Gehäuse.

So habe ich es auch schon mit Elles Smartwatch gemacht.

Denn wie ich mittlerweile weiß, orten ihre Hintermänner sie die ganze Zeit über.

Und ich habe keine Lust, gleich unerwarteten Besuch zu bekommen.

Cyph

Gegen meinen Willen bin ich mit Schmerz- und Beruhigungsmitteln vollgepumpt worden. Wie es aussieht, habe ich zahlreiche Prellungen und einige Knochenbrüche. Dazu eine schwere Gehirnerschütterung.

Nichts, was nicht wieder heilen würde.

Trotzdem wollte man mich zur Beobachtung im Krankenhaus behalten. Nur unter Protest und mit einer großen Dosis Medizin im Blut hat man mich auf eigene Gefahr entlassen.

Milo schiebt meinen Rollstuhl durch die Haustür. Ich komme mir vor, als wäre ich sechzig Jahre älter und würde am liebsten aufstehen. Doch der Hammer, den sie mir verpasst haben, macht mich total fertig.

Trotzdem merke ich sofort, dass etwas nicht stimmt, als Milo mich ins Wohnzimmer bringt.

Jess lächelt aufgesetzt. »Da bist du ja.«

East schaltet schnell seinen Monitor aus.

Ein böser Verdacht nimmt von mir Besitz. »Wo ist Lielle?«

Wenigstens kann ich wieder einzelne Worte artikulieren, auch wenn meine Stimme vollkommen kraftlos klingt.

»Sie sollte längst hier sein.«

East und Jess wechseln einen kurzen Blick. Jess schüttelt leicht den Kopf.

Ich sehe die anderen an und sie senken betreten den Blick.

»Was ist hier los? East. Sag es mir. Wenn etwas mit ihr nicht stimmt, dann muss ich es wissen!«

»East, nein«, versucht es Jess erneut. »Er macht dann nur irgendwelchen Scheiß.«

»Halt die Klappe, Jess.« Ich rolle zu ihr hinüber. »Tut mir leid, ich mag dich wirklich, aber du verstehst nicht,

wie das ist. Also halt die Klappe. Ich muss wissen, was
mit Lielle los ist.«

East schaut seine Freundin entschuldigend an, bevor
er den Monitor wieder anschaltet.

Ich sehe Lielle. Sie sitzt in einem kargen Raum und ist
an einen Stuhl gefesselt. Sie sieht bleich aus und als
stünde sie unter irgendwelchen Beruhigungsmitteln.
Ihr Haar ist blutverklebt.

»Dieser Wichser!«

Jess legt mir von hinten beruhigend die Hände auf die
Schultern, doch ich will mich nicht beruhigen.

»Was zu Hölle hat er ihr angetan?«

»Bisher noch nichts«, gibt East zu. »Aber er droht, sie
zu töten. Um Mitternacht.«

Ich kann es nicht glauben. Ich schüttle den Kopf, wieder und wieder. Warum zur Hölle müssen wir einander
immer wieder verlieren?

»Er will den SolarStorm.«

»Dann sag ihm, dass er in seiner verdammten Garage
nachsehen soll! Wir haben seinen Dreckswagen nicht,
das muss er doch kapieren!«

»So einfach ist das nicht«, mischt sich jetzt Terra ein.
»Wie es aussieht, ist der Wagen gestohlen worden. Irgendwann in den vergangenen Stunden.«

»Aber doch nicht von uns!« Ich sehe East an. »Oder?«
Er schüttelt den Kopf.

»Scheiße …« Ich fahre mir mit den Händen durchs
Haar und versuche meine Gedanken zu sortieren. »Und
jetzt? Reißen wir ihm den Arsch auf und holen Lielle
raus?«

»Wenn das so leicht wäre, hätten wir es längst versucht, als du im Krankenhaus warst.« Jess setzt sich vor

mir auf die Tischplatte. »Die Ortungsfunktion von ihrem Handy und der Uhr sind abgeschaltet worden. Und bevor du fragst: Wir haben auch keine andere Möglichkeit, an ihren Standort zu kommen. Stryker hat beide Geräte zerstört und sein eigenes in den Pool geworfen. Kyan und Terra sind zu seinem Grundstück gefahren, aber es ist verwaist. Wir wissen einfach nicht, wo er sie festhält.«

»Vergesst das Video.« Ich versuche, mein Smartphone aus meiner Hosentasche zu bekommen, aber meine teilweise gebrochenen Finger versagen mir den Dienst.

East hilft mir. »Alter, was redest du?«

»Sie hat noch einen GPS-Sender bei sich. Wenn Stryker den noch nicht entdeckt hat ...« Ich tippe auf meinem Display herum und spüre, wie mir vor Erleichterung hunderte Steine vom Herz fallen.

»Bingo. Wir haben sie.«

Lielle

Mein Kopf fühlt sich an, als würde darin eine ganze Football-Mannschaft toben. Obwohl mir Zac irgendein Schmerzmittel verabreicht hat, wird es nur langsam besser. Immerhin kann ich mich jetzt wieder orientieren, auch wenn ich noch immer nicht kapiere, was schiefgelaufen ist.

Ich muss herausfinden, was Zac weiß. Doch meine Zunge fühlt sich an, als hätte sie jemand an meinem Gaumen festgeklebt.

»Wasser«, verlange ich.

Zac stößt sich von der Wand ab, hebt eine Flasche vom Boden auf und hält sie mir an die Lippen.

Ich trinke gierig ein paar Schlucke, dann schüttle ich leicht den Kopf und Zac dreht die Flasche wieder zu.

»Was soll das?«, frage ich. »Warum hältst du mich hier fest?«

Zac mustert mich kühl. »Das weißt du genau. Du hast herumgeschnüffelt und mich bestohlen.«

Mit der ersten Anschuldigung hat er recht, doch die zweite ist einfach nicht wahr. Am Stehlen haben seine Handlanger – von denen ich gar nicht wusste, dass sie existieren – mich gehindert. Ich frage mich, ob er Bodyguards hat. Oder ob er extra jemanden dafür angeheuert hat, mich k.o. zu schlagen. Doch so schnell, wie seine Männer zur Stelle waren, um Cyphs vermeintlichen Leichnam zu entsorgen, gehe ich davon aus, dass er stets ein paar Leute in der Hinterhand hat, die die Drecksarbeit für ihn machen, wenn es brenzlig wird.

Warum wusste ich davon nichts? Mein Liebeschaos hat mich schlampig arbeiten lassen und jetzt bekomme ich die Quittung.

»Wir wissen beide, dass das nicht wahr ist.« Ich sehe Zac an, so fest ich kann, auch wenn sein Gesicht vor meinen Augen verschwimmt.

»Willst du mir jetzt etwa weismachen, dass es die große Liebe war, Elle?«

Ich schüttle den Kopf. Es hat keinen Sinn, ihm weiter was vorzumachen. Und ihm zu beichten, dass er mir wirklich sympathisch war, bis ich erfahren habe, was mit Phoebe passiert ist, bringt auch nichts.

»Nein, sicher nicht. Aber ich habe nichts gestohlen. Ich wollte, aber ich wurde daran gehindert.«

Zac sieht jetzt wütend aus. »Es ist vorbei, begreifst du das nicht? Du kannst mit der Schauspielerei aufhören. Ich weiß, dass ihr den Wagen habt.«

Meine Leute sollen den SolarStorm haben? Das wüsste ich aber. Wenn ihnen der Hack gelungen wäre, hätten sie mich längst abgezogen.

»Wir haben das Auto nicht!«

»Doch, habt ihr. Das Auto und die Software, die für die KI-Steuerung verantwortlich ist.«

Das ist unmöglich. Bis vorhin war unser gesamtes System noch lahmgelegt. Wir waren nicht einmal annähernd am Ziel. Wie kommt Zac also auf diesen Quatsch?

Dass er wütend ist, weil ich ihm etwas vorgemacht habe, verstehe ich. Auch, dass es ihm nicht passt, dass ich hinter seinem Rücken etwas mit Cyph hatte und wir seinen Tod vorgetäuscht haben. Aber was den Wagen angeht, haben wir uns bis auf eine missglückte Hack-Attacke nichts vorzuwerfen.

Ich schüttle den Kopf, was die Football-Mannschaft dazu animiert, weiter durch meinen Schädel zu hüpfen. »Du musst mir glauben.«

»Dir? Glauben? Das ist ja wohl das Bescheuertste, was ich seit Langem gehört habe.«

»Ich schwöre ...«

»Spar dir das. Deine Leute wissen bereits Bescheid. Sie müssen den Wagen bis Mitternacht zurückbringen, wenn sie dich wiederhaben wollen.«

»Mich wiederhaben wollen?« Wie soll das gehen, wenn sie das Auto gar nicht haben? »Und was ist, wenn du das Auto nicht zurückbekommst?«

Zac zuckt gleichgültig mit den Schultern.

»Bringst du mich dann auch um, so wie Phoebe?«

Zac schnellt so rasch vor, dass ich die Bewegung nicht kommen sehe. Er packt mein Kinn und zwingt mich, ihn anzusehen. »Nimm ihren Namen nie wieder in deinen heuchlerischen Mund!«

»Wer ist denn hier der Heuchler?!« Ich halte seinem Blick stand. »Wer hat seine Verlobte getötet und es wie einen Unfall aussehen lassen?«

Zacs Griff um mein Kinn lockert sich und er sieht mich entgeistert an. Dann lässt er mich los und wendet sich ab. »Du hast doch keine Ahnung, wovon du redest.«

Ich spüre, wie sehr ihn meine Worte aus der Fassung bringen. Vielleicht ist das mein Weg hier raus. Ich beschließe, weiter zu bohren und versuche dabei unauffällig, meine Fesseln zu lockern.

»Erklär's mir, Zac! Wenn ich Unrecht habe, wie war es dann? Und wieso hast du der Polizei Schweigegeld bezahlt, wenn du mit ihrem Tod nichts zu tun hattest?«

»Das war ich nicht.« Zac dreht sich zu mir um. »Das war mein Vater. Er hat Schweigegeld bezahlt und das Gerücht gestreut, dass Phoebe die Kontrolle über das Auto verloren hat, weil sie tablettensüchtig war. Er wollte nicht, dass an die Öffentlichkeit gerät, dass der SolarBlast angreifbar ist. Dass man das System manipulieren kann.«

»Klar, das ist verständlich. Das wäre euer Ruin gewesen. Aber das heißt noch lange nicht, dass du es nicht warst, der es manipuliert hat.«

»Du hast einfach keine Ahnung.«

Für einen Moment verliert sich Zacs Blick in der Vergangenheit, in Erinnerungen, die nur er sehen kann. Ich fürchte, dass er nicht weiterreden wird, doch dann tut er es doch. Ich bin mir nicht sicher, ob er in diesem Augenblick registriert, dass ich noch da bin, gefesselt, seine Geisel.

»Phoebe hatte einen Stalker. Einen kranken Typen, der sie zuerst im Internet angeschrieben hat. Dann hat er angefangen, ihr Blumen zu schicken, Pralinen und all so ein Zeug. So sehr es meine Leute auch versucht haben, wir konnten den Kerl einfach nicht erwischen. Er war überall und gleichzeitig doch nicht greifbar. Er hat sie mitten in der Nacht angerufen, sich in alles reingehackt, ihre Nachrichten abgefangen. Er wusste immer, wo sie war und was sie tat. Ich war total hilflos, weil jeder Versuch, ihn zu schnappen ins Leere lief. Doch Phoebe hat immer versucht, sich von ihm nicht zu sehr einschränken zu lassen. Ich wollte, dass sie zur Polizei geht, aber sie hat sich geweigert. Sie meinte, je mehr Macht sie ihm verleiht, desto stärker fühlt er sich. Desto unwahrscheinlicher ist es, dass er irgendwann aufgibt.«

Zacs Augen werden feucht und ich fühle einen Knoten in meinem Magen.

»An dem Abend, als sie ... als Phoebe ... Wir haben uns an diesem Abend gestritten. Es ist die vorherigen Tage immer schlimmer geworden mit dem Kerl. Mittlerweile war er aggressiv, hat Morddrohungen geschickt, weil er zu oft zurückgewiesen worden war. Ich habe sie gedrängt, ihr ein Ultimatum gestellt. Wenn sie nicht zur Polizei geht, dann würde ich es tun. Sie ist daraufhin abgehauen. Mit dem SolarBlast und dann ...«

»War er es?«, frage ich. »Der das Autosystem manipuliert hat?«

Zac nickt.

O mein Gott. Das habe ich nicht geahnt. Ich habe ihm so unrecht getan. Auf einmal schäme ich mich für das, was ich Zac gerade vorgeworfen habe. Er hat den Menschen, den er am meisten geliebt hat, nicht getötet, sondern verloren.

Und ich erinnere mich allzu plastisch daran, wie sich das anfühlt.

»Deswegen ist es mir so wichtig, eine Technologie zu entwickeln, die ein sicheres Fahren ermöglicht«, fährt Zac mit brüchiger Stimme fort. »Ohne Angriffe von außen. Ein KI-gesteuertes Auto kann eine gefährliche Waffe sein, wenn die Steuerung von den falschen Leuten übernommen wird.« Sein Blick heftet sich auf mich und wird übergangslos verächtlich. »Aber das weißt du ja wahrscheinlich.«

So braucht er mir gar nicht kommen. Sicher ist das, was wir tun, nicht richtig. Aber wir bringen niemanden um. Er schon, auch wenn es nicht Phoebe war.

»Und dann hast du ihn getötet?«, hake ich nach.

»Wie kommst du darauf?« Die Projektion im Schwimmbad scheint ihm wieder einzufallen. »Oh. Du warst das.«

»Ja. Oh.«

»Du verstehst auch einfach alles falsch, Elle. Heißt du überhaupt so?«

»Sag mir, wie es dann war.«

»Phoebe hat aus Angst vor dem Stalker heimlich Tabletten genommen, weil sie kaum noch schlafen oder ihren Alltag bewältigen konnte. Mein Vater hatte schon immer ein Problem mit ihr. Er hat sie bespitzeln lassen und wusste daher von den Medikamenten. Er hat der Polizei den Hinweis gegeben und die hat daraufhin tatsächlich diverse beruhigende Substanzen in ihrem Blut gefunden. Für sie war der Fall damit abgeschlossen, obwohl Phoebe immer eine sichere Fahrerin war. Für alle war sie nur noch die Süchtige, die sich nach einem Streit mit mir den Kopf zugedröhnt hat und tödlich verunglückt ist. Mein Vater und DayBreak waren damit aus dem Schneider und meine Verlobte selbst schuld an ihrem Tod. Aber ich wusste es besser. Ich habe alles getan, um ihren Stalker zu finden. Und irgendwann ist es mir auch gelungen. Ich wollte, dass er mit zur Polizei kommt, wollte, dass er alles zugibt und Phoebes Ansehen wieder reinwäscht. Aber dieser Mistkerl war aggressiv. Er hat mich angegriffen und es kam zu einem Kampf bei dem er ...« Zac schüttelt den Kopf, als könne er so das Geschehene loswerden. »Bei dem er aus dem Fenster gefallen ist und starb.«

»Klar«, sage ich.

Zac lässt sich gegen die Wand sinken und wirkt auf einmal vollkommen kraftlos. »Ist mir vollkommen egal, ob du mir glaubst.«

Ich muss erstmal durchatmen, um alles, was ich gerade gehört habe, zu verarbeiten. Aber Zac scheint auch keine Antwort von mir zu erwarten. Stattdessen fährt er einfach damit fort, sich alles von der Seele zu reden.

»Als die Angriffe auf den SolarStorm anfingen, dachte ich, dass es Teil zwei der Vorstellung ist. Irgendwelche

Komplizen von Phoebes Stalker, irgendwer, der Rache nehmen will. Dann standen überall diese Schriftzüge – Mörder ... Es sah alles nach Rache aus.« Wieder dieses Kopfschütteln. »Als ich Chris dann bei dir erwischt habe, dachte ich, es geht von vorne los. Dass er es auf dich abgesehen hat, dass sich Phoebes Geschichte wiederholt.«

»Zac, das ist furchtbar. Und es tut mir leid, dass wir diese Wunden wieder aufgerissen haben, aber ich schwöre dir, wir haben deinen Wagen nicht. Wir wollten ihn stehlen, das gebe ich zu, aber du und deine Leute, ihr habt gute Arbeit geleistet. Unsere Hacker gehören zu den besten der Welt, aber wir sind an dem Security-System gescheitert.«

Zac sieht mich an, als forsche er in meinem Blick nach der Wahrheit. »Aber wer ...?«, beginnt er.

Dann fliegt die Tür auf.

Kapitel 10

,Me against the world'

Cyph

Das Wundermittel, das mir die Ärzte gegeben haben, wirkt. Zumindest reicht es, um Stryker für das bezahlen zu lassen, was er getan hat. Ich stehe, wenn auch wackelig, auf meinem geschienten Bein und ziele auf Stryker.

In meiner Waffe befindet sich allerdings keine Platzpatrone.

Die anderen *Bones* stehen links und rechts neben mir. Auch sie sind bewaffnet. Alle bis auf Cas, den wir mit Terra zuhause gelassen haben.

»Mach sie los und lass sie gehen«, fordere ich.

Zac sieht uns alle an, als wären wir Erscheinungen. Offenbar hat er nicht mit uns gerechnet.

»Wie ...?«, fragte er und sieht auf Lielles Handgelenk, an der sie eigentlich die Smartwatch trägt.

Ich deute mit dem Kinn auf Lielles Brust. »Die Kette.«

Zacs Blick streift sie, dann sieht er mich wieder an. Schweigend.

»Cyph, Zac ... lasst uns reden, bitte.« Lielle. Sie sieht nicht mehr ganz so fertig aus wie auf dem Video.

»Da gibt es nichts zu reden! Der Kerl hält dich hier gefangen und droht dich umzubringen!« Ich will loshumpeln und mich auf ihn stürzen, aber East zerrt mich mühelos zurück.

»Lass sie ausreden.«

Lielle sieht East dankbar an, bevor sie sich an Zac wendet. »Mach mich los. Wir haben deinen Wagen nicht, aber wir können dir helfen, herauszufinden, wer ihn hat.«

Ihm helfen? Wir sollen diesem Kerl helfen? Im Leben nicht! Was soll diese Nummer von Lielle? Fährt sie jetzt doch wieder auf ihn ab?

»Das klingt doch vernünftig«, fällt mir ausgerechnet East in den Rücken. »Stryker, Sie lassen sie gehen und wir tun im Gegenzug, was wir können, um den SolarStorm zurück zu bekommen. Wie klingt das?«

Zac wirkt unschlüssig, doch dann löst er Lielles Fesseln.

Anstatt zu uns zu laufen, steht Lielle nur auf und nickt. »Danke, Zac.« Sie wendet sich uns *Bones* zu. »Irgendjemand war schneller als wir. Der SolarStorm und die dazugehörige Software sind verschwunden.«

»Das ist unmöglich«, sagt Jess. »Wir sind die besten Hacker weit und breit. Wenn wir es nicht schaffen, in das System zu kommen, dann schafft es keiner.«

»Außer, dieser Jemand hat direkten Zugang auf den Wagen ...«

Ich erkenne die Stimme sofort. Sie gehört Sophie.

Sie ist im Gang hinter uns erschienen und hat so gar nichts mehr mit der naiven, verwöhnten Millionärstochter gemein, als die ich sie kennengelernt habe.

Ich glaube, dass wir sie in diesem Moment alle gleichermaßen überrascht ansehen.

»Sophie?«, keucht Zac.

Es muss hart sein, wenn man merkt, dass einen jeder, dem man vertraut hat, verraten hat.

»Hi.« Sie wedelt mit ihrer manikürten Hand und lächelt. »Schön, euch alle hier anzutreffen, dann muss ich wenigstens nicht alles doppelt erklären. Also, seid ihr bereit?«

Lielle

Ich spüre, wie sich Zac neben mir verkrampft. Natürlich. Für ihn bricht gerade eine Welt zusammen.

»Euer Problem ist, dass ihr alle einfach viel zu langsam seid. Und absolut blind für das Wesentliche«, beginnt Sophie. »Während ihr *Black Bones* noch gar nichts vom SolarStorm wusstet, habe ich bereits erste Kontakte geknüpft. Zu einer jungen und begabten Hackerin. Man findet immer die richtigen Leute, wenn man mit offenen Augen und Ohren durchs Leben geht. Aber wie ich schon sagte, ihr alle seid ja blind für die offensichtlichen Dinge.«

Ich verstehe von ihren kryptischen Worten nur die Hälfte, doch das reicht mir. Sie hatte die Idee, den Wagen und die Software zu stehlen lange, bevor uns Raptor damit beauftragt hat.

»Du allen voran«, sagte sie an Zac gewandt. »Du bist viel zu vertrauensselig, Brüderchen. Du lässt mich überall herumspazieren. Bis auf den SolarStorm bin ich für die Nutzung aller elektronischen Geräte in deinem Haus und deinem Büro autorisiert. Die Software gehörte mir also bereits wenige Minuten, nachdem ich in der Stadt gelandet war. Noch bevor ich zu dir in deine tolle kleine Villa gekommen bin, gehörte das Programm mir. Den Wagen zu stehlen hat meiner Hackerin allerdings einiges abverlangt. Aber zusammen haben wir es gemeistert. Glücklicherweise sind Chris, dieser Trottel und dein Flittchen aufgetaucht. Sie haben dich von mir abgelenkt, ohne es zu merken. Also konnte ich mir in aller Ruhe die Beta-Versionen der Security-Software besorgen, die du auf deinem Rechner hattest. Mit ihrer Hilfe war es nicht mehr komplett unmöglich, den Wagen zu hacken.«

Zac sieht seine Schwester nur fassungslos an. Anscheinend fehlen ihm die Worte. Ich kann ihn gut verstehen.

»Wie du dir sicher denken kannst, ist Dad alles andere als begeistert davon, dass du nicht gut genug auf DayBreaks Innovation aufgepasst hast. Natürlich habe ich ihm sofort von dem Diebstahl berichtet, als ich darüber in Kenntnis gesetzt wurde. Und wo warst du? Leider nicht zu erreichen.« Sie zuckt grinsend mit den Schultern. »Du Idiot hast dein Handy im Pool versenkt und mir damit in die Hände gespielt. Dad war außer sich, als er dich an einem so wichtigen Tag nicht auftreiben konnte, aber ich habe ihm versichert, dass ich mich an deiner Stelle um die Sache kümmere. Dass ich meine Kontakte spielen lasse, um den Wagen zurückzuholen. Und siehe da: Während du hier unten den Gangster mimst, konnte ich das Auto ausfindig machen. Du kannst dir gar nicht vorstellen, wie glücklich ich Papa damit gemacht habe.«

»Du ...«, zischt Zac und ich halte ihn vorsichtshalber zurück. Er ist zwar kein so unberechenbarer Mörder, wie ich zwischenzeitlich geglaubt habe, aber dass er Sophie ein paar verpassen könnte, wenn sie ihn weiter bis aufs Blut reizt, halte ich nicht für ausgeschlossen.

»Ich«, grinst Sophie, »bin die neue Inhaberin von DayBreak Motors. Anders als dich hält Papa mich nicht erst hin und will den Release abwarten. Ich habe gerade eben die Papiere unterschrieben.«

Zachary

Mir ist es noch nie in den Sinn gekommen, eine Frau zu schlagen, doch Sophie würde ich gerade am liebsten eine Tracht Prügel verpassen.

Was sie da erzählt, ist so unglaublich, dass ich glaube, ich würde träumen.

»Das kann nicht dein Ernst sein«, bringe ich hervor. Mehr nicht. Ich weiß einfach nicht, was ich dazu noch sagen soll.

»Oh, doch. Es ist mein absoluter Ernst.« Sophie lächelt in die Runde. »Ihr könnt hier unten ja weiter russisches Roulette spielen«, sagt sie mit einem Blick auf die Waffen, die jetzt alle gen Boden gerichtet halten. »Ich bin oben und lasse mich von der Belegschaft feiern.«

Damit macht sie auf dem Absatz kehrt und stöckelt davon.

Wir alle starren ihr fassungslos nach.

Elles Freundin, eine hübsche Dunkelhaarige mit Lederjacke, findet als Erstes die Sprache wieder. »Eine Hackerin, die besser sein soll als wir? Im Leben nicht!«

»Sie hatte Hilfe, du hast es doch gehört. Mit dem Prototyp hätten wir es auch geschafft«, sagt ein tätowierter Typ, den ich für ihren Freund halte. Er hat einen Arm um sie gelegt.

»Euch ist klar, dass wir damit ab heute Konkurrenz haben?«, fragt ein Kerl, der mit seinen gegelten Haaren mehr wie ein Dandy als ein Verbrecher aussieht.

Chris, oder Cyph, wie Elle ihn genannt hat, schnaubt. »Die soll mal kommen.«

»Im Ernst«, mischt sich jetzt wieder die Dunkelhaarige ein. »Wir müssen herausfinden, wer es ist. Prototyp hin oder her: Wenn eine einzelne Hackerin uns gefährlich werden kann, haben wir ein Problem.«

»Sie wird von einer Millionenerbin geschützt«, wirft Elle ein und bringt mich damit auf eine Idee. »Die finden wir nie.«

»Woran scheitert es?«, frage ich. »Am Geld?«

Auf einmal sehen mich alle an, als hätten sie meine Anwesenheit für einen Moment vergessen. Sie wirken unschlüssig, aber dann zuckt der tätowierte Typ immerhin mit den Schultern.

»Noch habe ich genug«, sage ich. »Bringt es in Sicherheit, bevor mein Vater meine Konten sperren lässt und schützt es vor Hackangriffen. Im Gegenzug stelle ich euch genügend Geld zur Verfügung, damit ihr sie finden könnt. Wir haben alle ein Interesse daran, sie ausfindig zu machen.«

Der Tätowierte wendet sich seinen Leuten zu. »Der Millionär kauft uns eine neue cyberschnelle Ausrüstung, wie klingt das für euch?«

»Schnappen wir uns die Bitch«, stimmt ihm seine Freundin zu und auch die anderen scheinen einverstanden zu sein.

Elle stößt mir mit dem Ellbogen in die Rippen. »Dann sind wir ab heute Partner, wie es aussieht.«

Ich nicke. »Aber keine Lügen mehr.«

»Versprochen. Ich bin Lielle.« Sie deutet auf Chris, der aussieht, als hätte ihn ein Laster überrollt. »Und das ist mein Freund Cyph.«

Kapitel 11

‚Alone together'

Lielle

Ich nehme mir einen Moment, mich in meinem Zimmer umzusehen. Es fühlt sich so gut an, wieder hier zu sein. Endlich wieder ich zu sein. Auf einmal macht es mir auch gar nichts mehr aus, in mein eigentliches Leben zurückzukehren.

Ja, ich habe Fehler gemacht und Schlachtfelder hinterlassen. Aber ich bin am Leben und vor allem ist Cyph noch am Leben und das ist mehr, als ich gestern, bei meinem Zusammenbruch in Zacs Badezimmer, zu hoffen gewagt hätte.

Zac.

Auf eine Art tut er mir unendlich leid. Er ist kein schlechter Kerl. Ich glaube, im Endeffekt will er einfach nur alles richtig machen und scheitert dabei ein ums andere Mal. Irgendwie wusste ich die ganze Zeit, dass das mit uns nichts werden kann. Ich glaube, deshalb habe ich nicht mit ihm geschlafen – weil ich nun einmal zu einem anderen gehöre. Trotzdem habe ich ein schlechtes Gewissen, weil ich für einige Tage die Frau war, mit der er sich eine Zukunft nach Phoebes Verlust vorstellen konnte und seine alten Wunden wieder aufgerissen sind. Aber niemand von uns hat etwas von dieser Tragödie geahnt.

Doch die Sache hat auch ein Gutes: Ab sofort ist Zac Stryker auf gewisse Weise ein Mitglied der *Bones*. Ein Sponsor, wenn man so will. Und das bedeutet, dass er irgendwie Teil der Familie ist, Teil einer Familie, die besser ist als seine eigene. Die ihn nicht hängenlassen und ausbooten wird.

Fürs Erste gilt es jetzt, uns eine neue Ausrüstung zu beschaffen. Darum kümmern sich Jess und East, die immer, wenn es um Computerzeug geht, in einen ungewohnten Shoppingrausch verfallen.

Und was mache ich?

Ich sehe in den Spiegel über meinem Schminktisch, auf dem sich alles stapelt, was ich brauche, um in andere Rollen zu schlüpfen. Make-up, Haarfarben, Schmuck. Keine Ahnung, wie es für mich weitergeht. Ob ich den Job als Lockvogel noch länger machen kann. Wenn ja, dann nur mit Einschränkungen, so viel steht fest.

Ein wenig nervös trete ich näher an den Spiegel heran, öffne mein Haar und lasse es über meine Schultern fallen. Ich trage keine Schminke und heute Abend auch kein Spitzen-Negligé, stattdessen ein langes weites Shirt, das ich mir vor einer Ewigkeit aus Cyphs Schrank geklaut habe. Aber ich schätze, das geht in Ordnung.

Ich wende mich vom Schminktisch ab, öffne die Tür und tappe über den Flur. Von unten höre ich die gedämpften Stimmen der anderen. Dort, im Wohnzimmer, wird schon wieder geplant, dort wartet das Leben, das wir alle so lieben, voller Adrenalin, voll immer neuer Herausforderungen.

Meine *Bones*, meine liebsten Gesetzlosen.

Aber heute Abend halte ich mich aus dem Wahnsinn heraus. Ich schleiche hinüber zu Cyphs Zimmer und trete ein, ohne zu klopfen.

Wie erwartet, ist er wach. Er sitzt in seinem Bett und sieht mir entgegen. Sein Oberkörper ist frei, seine Rippen sind dick verbunden und seine Schulter überzieht ein riesiger Bluterguss. Aber das Lächeln auf seinen Lippen lässt keinen Zweifel daran, dass es ihm im Großen und Ganzen gut geht.

»Hi«, sagt er.

»Hi«, erwidere ich und füge hinzu: »Wie ist es denn so, da drüben auf deiner Seite?«

Cyphs Lächeln wird zu einem Grinsen. »Komm rüber und finde es heraus, wenn du dich traust.«

Das lasse ich mir nicht zweimal sagen. Ich schließe die Tür hinter mir, klettere zu ihm aufs Bett, beuge mich zu ihm rüber und küsse ihn in der Gewissheit, dass ich nie wieder einen anderen küssen möchte.

Dann lege ich meine Stirn an seine, schließe die Augen und spüre, wie er nach dem Anhänger um meinen Hals greift.

»Die Kette kannst du ruhig abmachen«, sagt er leise.

»Ich weiß, aber ich will nicht.«

Cyph erwidert nichts und ich mache die Augen auf, um ihn anzusehen.

Irgendwie möchte ich etwas sagen und ich sehe ihm an, dass es ihm genauso geht. Doch dann wird uns beiden klar, dass das gar nicht nötig ist. Für den Moment ist alles gesagt, alles, was zwischen uns ausgesprochen werden musste.

Nach dem ganzen Chaos wissen wir, wer wir füreinander sind, wo wir stehen und dass wir nie mehr ohneeinander sein wollen.

Ich lehne meinen Kopf an Cyphs Schulter, vorsichtig, damit es nicht wehtun kann. Er legt seine starken Arme um mich und ich spüre deutlich, dass mit diesem Augenblick ein neuer Lebensabschnitt beginnt.

Das Mädchen aus Indiana ist angekommen.

Kapitel 12
‚The only way out‘

Dane

In der Schleuse zwischen dem Zellengang und dem Besucherraum werden mir die Handschellen abgenommen. Die Wärterin mustert mich streng.

»Machen Sie keinen Mist, Cooper.«

Ich verdrehe die Augen. Wieso um alles in der Welt werde ich in diesem Gefängnis behandelt wie ein Serienmörder?

»Ich bitte Sie. Habe ich das je?«

»Sparen Sie sich Ihr Gerede. Jeder hier weiß, was für ein manipulativer kleiner Mistkerl Sie sind.«

Ich mustere sie von oben bis unten, dann lächle ich sie an. »Ja, vielleicht. Aber das mögen Sie besonders an mir, habe ich Recht?«

Eine leichte Röte überzieht ihre Wangen, was vielleicht daran liegt, dass ich sie vor ein paar Wochen beim Hofgang in einer Nische zwischen den Gebäudeblöcken verführt habe.

Konsequenzen hatte das nicht, denn es hat niemand gemerkt.

Eine sehr gute Freundin hat in der Zeit die betreffende Überwachungskamera für mich übernommen. Es zahlt sich aus, wenn man alte Kontakte am Leben erhält.

Vor allem, wenn es sich dabei um jemand so Fähiges wie ein Mitglied der legendären *Black Bones* handelt.

»Fassen Sie sich einfach kurz. Es ist schwer genug, Ihnen dauernd Sonderbesuchstermine zu beschaffen, ohne dass es auffällt.«

»Sie machen das schon.« Ich zwinkere ihr zu. »Sie sind doch ein großes Mädchen. Und Sie wollen sicher nicht, dass die Gefängnisleitung von unserem heimlichen Date erfährt.«

Damit wende ich mich der Tür zu und warte, bis die Wärterin sie für mich öffnet.

Dann trete ich auf meine Seite des Besucherraums, die durch eine Scheibe aus Panzerglas von der anderen Hälfte getrennt ist.

Ich sehe meine Besucherin schon an einem der Tische sitzen. Mit finsterer Miene blickt sie mir entgegen.

In aller Ruhe schlendere ich zu meinem Platz, setze mich und nehme den Hörer ab, über den ich mich mit ihr unterhalten kann.

Sie mustert mich kurz und tut es mir dann gleich.

»Neue Frisur?«, frage ich mit einem Blick auf ihr raspelkurzes Haar.

»Tarnung«, knurrt Raquel und wirkt selbst alles andere als glücklich über diese Veränderung.

Dabei sieht sie fantastisch aus – ihre cappuccinofarbene Haut und die großen Augen kommen nun noch besser zur Geltung.

Oder finde ich sie nur so hübsch, weil hier drinnen ein solcher Männerüberschuss herrscht? In der Not frisst der Teufel Fliegen, das sagt man doch so.

»Also, was gibt es?«, frage ich.

»Neuigkeiten aus Kanada.« Raquels beleidigter Ausdruck wird zu einem dünnen Lächeln. »Es lief alles nach Plan.«

»Das heißt, sie haben den Köder geschluckt?«

Raquel nickt. »Du musst deine kleine Doppelagentin ja bestens im Griff haben.«

Beinahe muss ich lachen. O ja, das habe ich. Wie bereits gesagt: Es zahlt sich aus, wenn man über ein Mitglied der *Black Bones* frei verfügen kann.

Die Arme. Ich will gar nicht wissen, wie sie sich damit fühlt, ihrer Gang in den Rücken zu fallen. Sicher hat sie Angst, denn sie weiß schließlich genau, wie die *Bones* mit Verrätern umgehen.

Der letzte war ich und wo bin ich gelandet?

Im Knast. Lebenslänglich.

Zumindest offiziell.

»Okay, Raquel«, sage ich. »Dann wird es Zeit, dass du deinen Teil der Abmachung erfüllst.«

Sie nickt mir zu. »Ich tue, was ich kann und so schnell ich kann.«

»Schön. Denn wenn ich das Gefängnisessen noch lange ertragen muss, hänge ich entweder mich oder den Koch auf.«

Raquel lässt ein schiefes Grinsen sehen. »Keine Sorge. Du bist schon bald hier raus und dann machen wir sie ein für alle Mal fertig. Ich will East Payne und seine Bande am Boden sehen.«

»Das wollen wir beide«, erwidere ich und hänge den Hörer ein.

Raquel und ich nicken einander zu, dann stehe ich auf und gehe zurück zu meiner Zelle.

Nicht mehr lange, bis die Zeit für meine Revanche gekommen ist.

Ich kann es kaum erwarten.